महापुरुषों की
शिक्षाप्रद बालकथाएँ

महापुरुषों की शिक्षाप्रद बालकथाएँ

सुरेंद्र सिंह नेगी

प्रभात प्रकाशन

प्रकाशक

प्रभात प्रकाशन प्रा. लि.

4/19 आसफ अली रोड, नई दिल्ली–110002

फोन : 23289777 • हेल्पलाइन नं. : 7827007777

इ–मेल : prabhatbooks@gmail.com ❖ वेब ठिकाना : www.prabhatbooks.com

संस्करण

2025

मूल्य

तीन सौ पचास रुपए

मुद्रक

आर–टेक ऑफसेट प्रिंटर्स, दिल्ली

★

MAHAPURUSHON KI SHIKSHAPRADA BALKATHAYEN
by Surendra Singh Negi

Published by **PRABHAT PRAKASHAN PVT. LTD.**
4/19 Asaf Ali Road, New Delhi-110002

ISBN 978-93-5266-947-9

₹ 350.00

भूमिका

सृष्टि के आरंभ काल से अब तक अनेक ऐसे विद्वान तथा ज्ञानी महापुरुषों का इस पृथ्वी पर पदार्पण हुआ है, जिन्होंने समाज को अपने प्रवचनों तथा सद्कर्मों द्वारा सरल जीवन व्यतीत करने के लिए ऐसे-ऐसे उपाय बताए हैं, जिन्हें मानव-समाज सहज ही समझकर अपना सकता है। उन उपायों के आधार पर उनके दिखाए मार्ग का अनुसरण करने से समाज में फैली बुराइयों, कुरीतियों तथा भ्रष्टाचार का दमन सरलता से किया जा सकेगा।

संसार में जितने भी सफल व्यक्ति अथवा महापुरुष हुए हैं, इसलिए नहीं कि वे अलौकिक प्रतिभा के धनी थे अथवा साधन-संपन्न थे, बल्कि इसलिए कि वे महान् व्यक्तित्व के स्वामी थे। विश्व में महापुरुषों और सफल व्यक्तियों की जीवनियाँ हमें बताती हैं कि सभी ने अपने व्यक्तित्व का विकास कर जीवन को अनुशासित किया और उसे निश्चित दिशा तक गति प्रदान कर वे अपने उद्देश्य तक पहुँचने में सफल हुए हैं।

महाभारत काल के एक अत्यंत गरीब व साधनहीन बालक एकलव्य के अंदर व्यक्तित्व निर्माण के सभी गुण मौजूद थे। उसमें एक सर्वश्रेष्ठ धनुर्धारी बनने की इतनी ललक थी कि वह अपनी सकारात्मक सोच के साथ अंधकार से प्रकाश की किरण का आभास करता हुआ एकाग्रचित् और कड़े अभ्यास के बलबूते पर ही अंत में जीवन उद्देश्य तक पहुँचने में सफल हुआ था।

प्रस्तुत पुस्तक 'महापुरुषों की शिक्षाप्रद बालकथाएँ' में साहित्यकारों, राजनेताओं, दार्शनिकों, समाज-सुधारकों की कथाओं को समाहित किया गया है। विश्वास है कि यह कथा-संकलन आपके नन्हे-मुन्ने बच्चों के जीवन में नई स्फूर्ति का संचार करते हुए उनमें आत्मविश्वास पैदा करेगा।

अनुक्रम

गुरुमंत्र

रामानुजाचार्य प्राचीन काल में हुए एक प्रसिद्ध संत थे। उनका जन्म मद्रास नगर के समीप श्रीपेरुबुदूर गाँव में हुआ था। बाल्यकाल में इन्हें शिक्षा के लिए गुरुकुल भेजा गया। गुरु ने बहुत मनोयोग से शिष्य को शिक्षा दी।

शिक्षा खत्म होने पर वे बोले, ''वत्स, मैं तुम्हें एक मंत्र की दीक्षा दे रहा हूँ। इस मंत्र के सुनने से भी स्वर्गलोक की प्राप्ति होती है।''

रामानुज ने श्रद्धाभाव से मंत्र की दीक्षा ली। आश्रम छोड़ने से पहले गुरु ने एक बार फिर चेतावनी दी—''रामानुज, ध्यान रहे, यह मंत्र किसी अयोग्य व्यक्ति के कानों में न पड़े।''

रामानुज ने मन-ही-मन सोचा—'इस मंत्र की शक्ति कितनी अपार है। यदि इसे केवल सुनने भर से ही स्वर्ग की प्राप्ति हो सकती है तो क्यों न मैं सभी को यह मंत्र सिखा दूँ।' यह सोचकर उन्होंने हर किसी को मंत्र का पाठ और जप सिखाना शुरू किया।

धीरे-धीरे उस क्षेत्र के सभी व्यक्ति वह मंत्र जपने लगे। जब यह बात गुरुजी को पता चली तो उन्होंने रामानुज से इस अवज्ञा का कारण पूछा।

रामानुज ने कहा, ''गुरुदेव, इस मंत्र के जाप से सभी स्वर्ग को चले जाएँगे। केवल मैं ही नहीं जा पाऊँगा, क्योंकि मैंने आपकी आज्ञा का पालन नहीं है। सिर्फ मैं ही नरक में जाऊँगा। यदि मेरे नरक जाने से सभी को स्वर्ग मिलता है इसमें नुकसान ही क्या?''

रामानुज की बात सुनकर गुरु ने उसे गले लगाते हुए कहा, ''वत्स, तुमने तो मेरी आँखें खोल दीं। तुम नरक कैसे जा सकते हो? सभी का भला सोचनेवाला सदा ही सुख पाता है। तुम सच्चे अर्थों में आचार्य हो।''

रामानुजाचार्य अपने गुरु के चरणों में झुक गए। लोगों को भी उनकी भाँति सच्चे और सही मायने में इनसान बनना चाहिए। सच्चा इनसान वह नहीं होता, जो केवल अपने बारे में सोचे, इनसान वही है, जो दूसरों का भला करता है।

□

मनुष्य का कर्तव्य

रायचंद जवाहरात के बहुत बड़े व्यापारी थे। उनकी ईमानदारी प्रसिद्ध थी। अपने व्यापार में वे किसी प्रकार की अनीति नहीं करते थे। वे दूसरे व्यापारियों के हितों का भी ध्यान रखते थे। एक बार उन्होंने किसी व्यापारी से जवाहरात का सौदा किया। उसका भाव तय हो गया और यह भी तय हो गया कि अमुक समय के भीतर उस आदेश की पूर्ति होगी। इसकी लिखा-पढ़ी हो गई और दस्तावेज पर दोनों पक्षों के हस्ताक्षर हो गए। संयोग से इस अवधि में जवाहरात का भाव बढ़ गया। इस भाव पर यदि वह व्यापारी माल देता तो उसे भारी हानि होती। बेचारा व्यापारी संकट में पड़ गया, पर उसे अपना वचन तो निभाना ही था।

रायचंद को जवाहरात के मूल्य बढ़ जाने की बात मालूम हुई तो वे उस व्यापारी की दुकान पर गए। लेकिन रायचंद कुछ कहें, उससे पहले ही व्यापारी ने कहा, ''सेठजी विश्वास रखिए, मैं अपने वादे को हर हाल में पूरा करूँगा।''

रायचंद बोले, ''मैं जानता हूँ कि आप अपने वायदे को हर हाल में पूरा कर देंगे, लेकिन मैं यह भी जानता हूँ कि आप चिंतित हैं। चिंता का मुख्य कारण वह दस्तावेज है, जिस पर हम दोनों ने हस्ताक्षर किए हैं। यदि इस दस्तावेज को नष्ट कर दिया जाए तो चिंता का अपने आप अंत हो जाएगा।''

व्यापारी बोला, ''नहीं, नहीं··· ऐसा करने की जरूरत नहीं है; मुझे केवल दो दिन का समय दीजिए।''

लेकिन रायचंद ने उनकी बात अनसुनी कर दी और दस्तावेज निकालकर उसके टुकड़े-टुकड़े करके फेंकते हुए बोले, ''यह करार हमारे हाथ-पैर बाँधता था। इस सौदे में भाव बढ़ जाने से मेरे साठ-सत्तर हजार रुपए आपकी ओर निकलते हैं। आपकी वर्तमान स्थिति मैं जानता हूँ। आप कहाँ से देंगे इतनी बड़ी राशि? मेरे भाई, मैं दूध पी सकता हूँ, खून नहीं।''

यह सुनकर व्यापारी अवाक् रह गया। उसने रायचंद के चरण पकड़ लिये। रायचंद ने उसे सीने से लगाते हुए कहा, ''आड़े समय में एक-दूसरे की सहायता करना मनुष्य का सबसे बड़ा कर्तव्य है।''

□

परिश्रम की कमाई

महात्मा गांधी के दादा उत्तम गांधी को लोग 'ओता गांधी' के नाम से पुकारते थे। वे पोरबंदर के राजा खिमजी के दीवान थे। उनके दोनों बेटों का विवाह धूमधाम से संपन्न हुआ था। सारे गाँव को भोज का निमंत्रण दिया गया था। उस समय के रिवाज के अनुसार पूरे गाँव को न्योता दिया जाता था, तब गाँव के प्रवेश-द्वार पर अक्षत-कुमकुम लगाकर घोषणा की जाती थी। भोज में हर जाति के गरीब और अमीर आते थे। बरात की अगवानी स्वयं राजा साहब ने की।

ओता गांधी राजा के दीवान होने के साथ-साथ ईमानदार, खुशमिजाज और परोपकारी व्यक्ति थे। वे राज्य के सभी लोगों का बराबर ध्यान रखते थे। इसलिए बेटे की शादी में शामिल होनेवाले लोगों ने यथाशक्ति नजराना भी दिया था। विवाह संपन्न होने के बाद जब हिसाब-किताब हुआ तो पता चला कि खर्च से ज्यादा रकम उपहार में आई है।

ओता गांधी परेशान हो गए कि इन फालतू पैसों का क्या करें। उपहार में मिली रकम पर उनका हक था, लेकिन उन्होंने सोचा कि हम राज्य के दीवान हैं, इसीलिए लोगों ने अपनी सामर्थ्य से ज्यादा उपहार में दे दिया। इसलिए उन्होंने सारी रकम राजा को समर्पित करते हुए कहा, "आप की प्रजा से ही यह सब प्राप्त हुआ है। यह आपकी संपत्ति है। आप जैसे चाहें इसका उपयोग करें।"

राजा ने कहा, "यह रकम आपको लोगों ने उपहार में दी है, इस पर आपका हक है, हमारा नहीं। इसका उपयोग भी आप ही को करना है।"

लेकिन ओता गांधी को यह बात मंजूर नहीं थी। बहुत सोच-विचार कर ओता गांधी ने राजा से कहा, "यह रकम न हमारी है और न आपकी। यह राज्य के गरीब किसानों के परिश्रम की कमाई है, इसलिए इस पर हक भी राज्य के गरीब किसानों का ही है। क्यों न इसे सूखाग्रस्त इलाके के किसानों को दे दिया जाए।"

दीवान के निर्णय से राजा बहुत खुश हुआ। उपहार में आई अतिरिक्त रकम को किसानों की सहायतार्थ बँटवा दिया गया।

□

सबसे बड़ी सेवा

संस्कृत के प्रकांड विद्वान् केयरजी नगर से दूर एक झोंपड़ी में रहते थे। उन्हें अपने अध्ययन और लेखन से इतना भी अवकाश नहीं मिलता था कि घर-बाहर के कामों में पत्नी का हाथ बँटा सकें। पत्नी बेचारी जंगल से मूँज काटकर लाती, उसकी रस्सियाँ बनाकर बेचती और उससे जो कुछ मिलता, उससे घर चलाती। पति की सेवा, उनके और अपने भोजन की व्यवस्था तथा घर के अन्य सारे काम उसे करने होते थे, लेकिन यह सब करके वह परम संतुष्ट थी।

एक बार वहाँ के राजा को काशी से आए कुछ विद्वानों ने कहा, "आपके राज्य में एक महान् विद्वान् इतना कष्ट पाता है। महाराज आप कुछ तो ध्यान दें।"

यह सुनकर राजा अगले दिन कैयरजी की कुटिया पर आए, उन्होंने कैयरजी से हाथ जोड़कर प्रार्थना की—"भगवन्, आप विद्वान् हैं। जिस राज्य के विद्वान् कष्ट पाते हैं, उसका राजा पाप का भागी होता है। इसलिए आप मुझ पर कृपा करें।"

यह सुनते ही कैयरजी ने अपनी कुछ पांडुलिपियाँ उठाईं, चटाई समेटकर बगल में दबाई और पत्नी से बोल, "हम लोगों के यहाँ रहने से महाराज को पाप लगता है। चलो कहीं और चलते हैं।"

राजा ने उनके पैरों पर गिरकर क्षमा माँगी और बोले, "मैं तो केवल यह चाहता था कि मुझे कुछ सेवा करने की आज्ञा प्राप्त हो।"

कैयरजी ने कहा, "महाराज, आप केवल इतना भर करें, फिर यहाँ न आएँ और मुझे धन, संपत्ति आदि किसी चीज का प्रलोभन न दें। मेरे अध्ययन में विघ्न न पड़े, यही मेरी सबसे बड़ी सेवा है।"

राजा समझ गए कि सच्चे विद्वान् के लिए उसका कार्य ही सबसे महत्त्वपूर्ण है। उसे भौतिक सुखों की कोई चाह नहीं होती।

□

कर्तव्य-पालन

ईश्वरचंद विद्यासागर उन दिनों कोलकाता के निकट एक कस्बे में नौकरी करते थे। एक रात जोर की बारिश हो रही थी। विद्यासागर किवाड़ बंद करके अंदर बैठे थे। इतने में किसी ने दरवाजा खटखटाया। विद्यासागर ने उठकर दरवाजा खोला तो देखा कि पानी से भीगा एक आदमी बाहर खड़ा ठंड से काँप रहा है।

विद्यासागर ने बिना कुछ पूछे ही उसे अंदर बुला लिया। विद्यासागर के प्यार भरे शब्दों को सुनकर उस आदमी की आँखें भर आईं। वह अंदर जाकर बैठ गया। उसने कहा, ''मैं कई घरों में गया; लेकिन किसी ने भी मुझे जगह नहीं दी। मैं इस कस्बे में नया हूँ। मेरा मित्र यहीं रहता है। मैं उसी से मिलने यहाँ पर आया था, पर जब वहाँ पहुँचा तो देखा कि दरवाजे पर ताला लटका हुआ है। पता लगा कि वह नहीं गया हुआ है। आपने मुझ पर बड़ा उपकार किया है।''

विद्यासागर बोले, ''उपकार! कैसा उपकार? मैंने तो अपने कर्तव्य का पालन किया है। अतिथि का सत्कार करना हमारा कर्तव्य ही नहीं हमारा परम धर्म भी है। अतिथि तो देवता होते हैं।''

विद्यासागर ने देखा कि अतिथि अब भी ठंड से काँप रहा है। उन्होंने अतिथि से कपड़े बदलने का आग्रह किया और उसे अपने नए कपड़े पहनने के लिए दिए।

थोड़ी देर बाद उस व्यक्ति ने पूछा, ''श्रीमान्, एक बात बताएँ। आपने मुझ पर भरोसा कैसे कर लिया? हो सकता है कि मैं झूठ कह रहा हूँ या गलत इनसान हूँ।''

विद्यासागर ने मुसकराते हुए कहा, ''आपका इनसान होना ही काफी है। मेरे लिए हर मनुष्य बराबर है। मुझे मनुष्यता पर पूरा विश्वास है। अगर कोई गलत रास्ते पर चला भी गया है तो उसे सही रास्ते पर लाया जा सकता है। मैं इसी भरोसे के सहारे जीता हूँ।''

विद्यासागर की ऐसी बातें सुनकर वह व्यक्ति उनके प्रति नतमस्तक हो उठा और उस दिन से उनका शिष्य बन गया।

□

जीवन का आधार

श्री नील माधव बंद्योपाध्याय बंगाल के एक प्रसिद्ध न्यायाधीश थे। वे अपनी सत्यनिष्ठा व उच्च सदाचार के लिए प्रतिष्ठित थे। किसी भी प्रलोभन से उनका मन नहीं डिगा और हर हाल में उन्होंने न्याय के प्रति अपनी प्रतिबद्धता बनाए रखी, लेकिन कहते हैं न बड़े-से-बड़े आदमी से भी कोई-न-कोई चूक हो ही जाती है।

हुआ यह कि एक बार एक बीमा एजेंट के बार-बार आग्रह करने पर उन्होंने अपने आपको स्वस्थ बताकर पाँच हजार रुपए का जीवन बीमा करवा लिया, जबकि वास्तव में वे एक रोग से पीड़ित थे। उसी रोग के चलते धीरे-धीरे वे अस्वस्थ होते गए। लोगों ने देखा कि अपने जीवन के अंतिम दिनों में वे अति क्षुब्ध व अशांत हो गए और उनके प्राण भी नहीं निकल पा रहे थे। उन्हें अशांत देखकर उनके मित्र, परिचित और संबंधी भी उदास थे, लेकिन कोई कुछ बोल नहीं पा रहा था। अंत में उनके संबंधियों ने उनके अशांत और दुःखी रहने का कारण पूछा।

बंद्योपाध्यायजी बोले, ''लगभग पाँच वर्ष पहले बीमा कराते समय मैंने डॉक्टर से अपने मधुमेह रोग के बारे में कुछ नहीं बताया। मैंने अपने स्वास्थ्य की सच्चाई छिपाकर मिथ्याचार किया है। मेरा यही असत्य आचरण मुझे दिन-रात अशांत रखता है। कभी चैन नहीं लेने देता। मुझे आत्मग्लानि हो रही है और मैं उसका प्रायश्चित्त करना चाहता हूँ। कृपया आप बीमा एजेंट को तुरंत बुला दें, ताकि बीमा रद्द कर दूँ। मैं नहीं चाहता कि इस प्रकार का पैसा मेरे बाद मेरे वारिसों को मिले।''

उनकी पीड़ा देखकर उनके संबंधियों ने बीमा एजेंट को बुलवा लिया। बीमा एजेंट ने आकर उनकी सारी बात सुनी। सारी बातें सुनकर बीमा एजेंट ने कहा, ''आप नाहक ही परेशान हैं। ऐसा अकसर होता रहता है। आपने अपने इस झूठ से कंपनी का कोई अहित तो किया नहीं।''

लेकिन माधव बाबू उसकी बात से संतुष्ट नहीं हुए और बीमा रद्द करवा दिया। वे बोले, ''अब मैं खुश हूँ और मेरा मन शांत है, क्योंकि मैं अपने आपसे न्याय कर सका।'' यह कहकर ईश्वर को याद करते हुए उन्होंने अपने प्राण त्याग दिए। जिस जीवन का आधार सत्य हो, वह सफल है। मनुष्य की उन्नति और अवनति की कसौटी सत्य ही है।

□

संगीत की साधना

यह बात उस समय की है, जब संगीतकार मार्तंड पंडित ओंकारनाथ ठाकुर की प्रसिद्धि चारों ओर फैल रही थी। संगीत के प्रति उनका समर्पण अद्‌भुत था। वे दिन-रात साधना में लगे रहते थे। जो कोई भी उनसे मिलता, उनसे प्रभावित होकर लौटता।

एक बार अपना कार्यक्रम प्रस्तुत करने के लिए वे इंग्लैंड गए। वहाँ जब उन्होंने अपना कार्यक्रम पेश किया तो उनकी धूम मच गई। हर ओर उनके संगीत की प्रशंसा की जाने लगी। लोग उनकी कला के कायल होने लगे।

उन्हीं दिनों उनके एक अंग्रेज प्रशंसक ने उनसे कहा, ''आप भारत से आए हैं और आपका संगीत वाकई झूमने को विवश कर देता है। ऐसे में आप चाहें तो अपनी इस कला को विश्व में चारों ओर फैला सकते हैं। आप चाहें तो आपको और ज्यादा प्रसिद्धि मिल सकती है।''

अंग्रेज प्रशंसक की बात सुनकर ओंकारनाथ ठाकुर ने पूछा, ''वह कैसे ?''

अंग्रेज प्रशंसक ने कहा, ''प्रसिद्धि पाने के लिए आपको एक काम करना पड़ेगा। यदि आप जॉर्ज पंचम को पत्र लिखकर उनसे कार्यक्रम में उपस्थित होने की प्रार्थना करें तो वे अवश्य आएँगे। इससे आपका कार्यक्रम भी बेहद सफल होगा, साथ ही जॉर्ज पंचम आपके संगीत से प्रसन्न होकर आपको राय बहादुर की उपाधि से अलंकृत कर देंगे। आप जानते ही हैं कि ऐसा सौभाग्य बहुत कम ही लोगों को नसीब होता है।''

यह सुनकर पंडितजी मुसकराए और बोले, ''क्या आप मुझे चाटुकार समझते हैं कि मैं प्रशंसा और पदवी के लिए जॉर्ज पंचम के दरबार में अपनी अरजी लगाऊँगा। मैं संगीत की साधना सरस्वती की उपासना के रूप में करता हूँ। विदेशी शासन की किसी पदवी या पुरस्कार की मेरे मन में कभी चाह नहीं रही, और वैसे भी असली कला वही होती है, जो किसी पुरस्कार या प्रसिद्धि की चाह नहीं रखती। कला तो अंतर्मन से उपजती है। उसे पुरस्कार या पदवी देकर नहीं पैदा किया जा सकता।''

वह अंग्रेज कला के प्रति पंडित ओंकारनाथ की यह निष्ठा और दुनियावी सम्मान के प्रति विरक्ति का उनका भाव देख चकित रह गया।

□

प्रत्यक्ष ज्ञान

वागभट्ट धन्वंतरि के गुरुकुल में शिक्षा ग्रहण करते थे। एक बार उनकी पीठ पर फोड़ा निकल आया। धन्वंतरि ने उस फोड़े के इलाज के लिए उन्हें वन में जाकर कुछ जड़ी-बूटियाँ लाने को कहा। वागभट्ट धन्वंतरि का आदेश पाकर उन बूटियों की खोज करने जंगल में चले गए। वे कई दिनों तक भटकते रहे। इधर-उधर काफी खोजने के बाद उन्हें कई प्रकार की दूसरी जड़ी-बूटियाँ मिलीं, लेकिन जो धन्वंतरि ने कहा था, वह कहीं नहीं मिली। फिर वे अन्य बूटियाँ ही अपने झोले में भरकर ले आए और उन्हें धन्वंतरि के सामने रखते हुए बोले, "गुरुदेव, भरसक प्रयास के बाद भी मैं आपके द्वारा बताई गई जड़ी-बूटियों को खोजने में असफल रहा। परंतु मैं अपने विवेकानुसार अन्य बूटियाँ ले आया हूँ। इनमें से आप स्वयं देख लें। मैं कुछ समझ नहीं पा रहा हूँ।"

धन्वंतरि ने वागभट्ट द्वारा लाई गई बूटियों को एक तरफ रख दिया और आश्रम में से एक जड़ी लाकर उसे पीसकर उसका लेप वागभट्ट के फोड़े पर लगा दिया। आश्चर्यजनक रूप से वागभट्ट का वह फोड़ा तीन दिनों में ही ठीक हो गया।

स्वस्थ होने के बाद वागभट्ट ने धन्वंतरि से पूछा, "गुरुदेव, जो जड़ी आपने मेरे फोड़े पर लगाई, वह तो आश्रम में ही उगी हुई थी; फिर आपने मुझे जंगल में क्यों भेजा? जड़ी-बूटी खोजने में मेरा समय नष्ट हुआ और परिश्रम भी अकारथ चला गया।"

वागभट्ट की बात सुनकर धन्वंतरि बोले, "वत्स, तुम्हारा न तो समय नष्ट हुआ और न ही परिश्रम व्यर्थ गया, बल्कि तुम्हें इसी कारण नई-नई बूटियों की पहचान हुई। तुमने कई दुर्लभ जड़ी-बूटियों को खोज निकाला, जो भविष्य में अनेक रोगों को दूर करने में प्रयोग में लाई जाएँगी। इसलिए तुम्हें तो प्रत्यक्ष ज्ञान प्राप्त हुआ है। अब तुम इसके विशेषज्ञ माने जाओगे। इसके अलावा तुम्हारे इस प्रयास से यह भी मालूम हुआ कि अपने रोग के निदान के लिए तुम कितने प्रयत्नशील हो।"

वागभट्ट अपने गुरु का आशय समझ उनके प्रति नतमस्तक हो गए।

□

शिष्टाचार का ढंग

ईश्वरचंद्र विद्यासागर 'सादा जीवन, उच्च विचार' के साक्षात् उदाहरण थे। उन्हें कहीं किसी से मिलने जाना होता था, तो वे अपना वही साधारण लिबास धोती, चादर व चप्पल पहनकर चले जाते थे, चाहे वह व्यक्ति कोई भी हो।

एक बार उन्हें प्रेसीडेंसी कॉलेज के अंग्रेज प्रिंसिपल मि. कैट से मिलने जाना पड़ा। वहाँ उन्होंने देखा कि मि. कैट अपने पैर जूतों सहित मेज पर रखे हुए हैं। विद्यासागर को अत्यंत साधारण और ग्रामीण कपड़ों में देखकर उन्होंने समझा कि कोई मामूली आदमी मिलने आया है। उन्होंने न तो विद्यासागर को बैठने के लिए कहा और न ही पैर नीचे किए।

मि. कैट का यह व्यवहार विद्यासागर को बुरा तो लगा, लेकिन उन्होंने कुछ नहीं कहा और नम्रतापूर्वक अपनी बातचीत पूरी करके वापस चले आए।

कुछ दिनों बाद अचानक कोई ऐसा काम आया कि मि. कैट को संस्कृत कॉलेज आना पड़ा। जब उन्होंने कार्यालय में प्रवेश किया तो विद्यासागरजी ने भी अपने पैर चप्पल समेत मेज पर रख लिये और उन्हें बैठने के लिए भी नहीं कहा। उनके इस व्यवहार से क्षुब्ध होकर मि. कैट ने उनकी शिकायत शिक्षा परिषद् के सचिव डॉ. मुआट से की।

मि. कैट की शिकायत सुनकर डॉ. मुआट ने विद्यासागर से इसके बारे में पूछा, तो उन्होंने कहा, "डॉ. मुआट! मैं ठहरा हिंदुस्तानी, यूरोप के तौर-तरीके को भला क्या जानूँ। कुछ दिन पहले मैं मि. कैट से मिलने उनके कार्यालय में गया था; तो मैंने उनको हूबहू ऐसे ही बैठे देखा था और वे मुझसे बैठने को कहे बिना ही बातचीत करते रहे। पहले तो मुझे हैरत हुई, लेकिन फिर सोचा, शायद यूरोप में शिष्टाचार का यही ढंग हो। लिहाजा जब मेरे ऑफिस में आए, तो मैं उनके साथ उसी शिष्टाचार से पेश आया।"

डॉ. मुआट सारी बात समझ गए और उन्होंने मामले को रफा-दफा कर दिया। यदि हमारे साथ कोई गलत व्यवहार करता है, तो जरूरी नहीं कि उसी समय और वहीं उसे भला-बुरा कहा जाए। उचित अवसर पर बिना कुछ कहे भी गलत बातों का सटीक जवाब दिया जा सकता है।

□

गुरु की आज्ञा

गुरु अमरदासजी के अनेक शिष्य थे, जिनमें से कई स्वयं को उनका उत्तराधिकारी बनने के योग्य मानते थे। एक दिन गुरु अमरदास ने सभी शिष्यों को अपने पास बुलाया और कहा, ''तुम सभी एक चबूतरा बनाओ, मैं उसे देखूँगा।''

शिष्यों ने बढ़िया चबूतरे बनाए। एक सुबह गुरु अमरदास ने चबूतरों का मुआयना किया और कहा कि उन्हें इनमें से कोई भी पसंद नहीं आया। तब गुरु ने उन सभी को नया चबूतरा बनाने को कहा। सभी शिष्यों ने फिर चबूतरे बनाए। गुरु ने फिर उन सभी चबूतरों को तोड़ने का आदेश दिया। कारण बताया कि उन्हें इनमें से भी कोई चबूतरा पसंद नहीं आया।

बार-बार चबूतरे तोड़े जाने से शिष्यों का धैर्य टूटने लगा। वे आपस में बातें करने लगे कि गुरु बूढ़े होने के कारण ठीक से विचार करने की क्षमता खो बैठे हैं। वे सभी निराश होने लगे। लेकिन गुरु का एक शिष्य रामदास चबूतरा बनाने में जुटा रहा। जब अन्य शिष्यों ने रामदास को चबूतरा बनाते देखा तो उन्होंने उनसे कहा, ''तुम क्यों चबूतरा बना रहे हो? नासमझ गुरु के आदेश का पालन कर तुम क्यों नासमझ हुए जाते हो।''

शिष्यों की बात सुनकर रामदास ने कहा, ''भाइयो, यदि गुरु नासमझ हैं, तो फिर किसी का भी दिमाग दुरुस्त नहीं कहा जा सकता। अब अगर गुरुदेव सारी उम्र मुझे चबूतरे बनवाते और तुड़वाते रहें, तो भी मैं उसे अपना कर्तव्य समझकर करता रहूँगा।''

गुरु ने उनसे 70 से अधिक चबूतरे बनवाए और तुड़वा दिए। लेकिन रामदास को गुरु की आज्ञा के पालन में तनिक भी आलस्य नहीं आया। एक दिन गुरु अमरदासजी आए और रामदासजी को गले लगाकर बोले, ''तू मेरा सच्चा शिष्य है और गद्दी का वास्तविक अधिकारी है।''

बाद में रामदासजी के अन्य शिष्यों से कहा, ''गुरु के आदेश पर विचार नहीं, अमल किया जाता है। गुरुजी के तर्कहीन लगने वाले आदेश के अत्यंत गहरे अर्थ हो सकते हैं। हमें हमेशा गुरु से कुछ सीखने के लिए तैयार रहना चाहिए।''

□

महान् सोच

एक बार चीन के महान् दार्शनिक कन्फ्यूशियस से मिलने एक राजा आया। उसने उनके सामने कई सवाल रखे। इसी क्रम में उसने पूछा, "क्या ऐसा कोई व्यक्ति है, जो महान् हो, लेकिन उसे कोई जानता न हो।"

इस पर कन्फ्यूशियस ने मुसकराकर कहा, "हम ज्यादातर महान् लोगों को नहीं जानते। दुनिया में कई ऐसे साधारण लोग हैं, जो वास्तव में महान् व्यक्तियों से भी महान् हैं।"

राजा ने आश्चर्य से कहा, "ऐसा कैसे हो सकता है ?"

इस पर कन्फ्यूशियस बोले, "मैं तुम्हें आज ही ऐसे व्यक्ति से मिलवाऊँगा।"

इसके बाद वह राजा को अपने साथ लेकर एक गाँव की ओर निकल गए। काफी दूर चलने के बाद उन्हें एक वृद्ध नजर आया। वह पेड़ के नीचे कुछ घड़े लेकर बैठा हुआ था। राजा और कन्फ्यूशियस ने समझा कि शायद वह वृद्ध गरमी के इस मौसम में चने बेचकर अपना गुजारा करता होगा। उन दोनों ने ही वृद्ध से माँगकर पानी पिया। फिर चने भी खाए। घड़े का शीतल जल पीने और चने खाने से दोनों को गरमी से राहत मिली। जब राजा वृद्ध को चनों का दाम देने लगा तो वह बोला, "महाशय! मैं कोई दुकानदार नहीं हूँ। मैं तो सिर्फ वह करने का प्रयास कर रहा हूँ, जो इस उम्र में कर सकता हूँ। मेरा बेटा चने का व्यवसाय करता है। घर में मेरा मन नहीं लगता। इसलिए यहाँ चने और पानी लेकर बैठ गया हूँ। राहगीरों को ठंडा पानी पिलाकर व चने खिलाकर मेरे अंतर्मन को एक अद्‌भुत तृप्ति मिलती है। इससे मेरा समय भी कट जाता है और तसल्ली भी मिलती है कि मैं कुछ सार्थक काम कर रहा हूँ।"

तब कन्फ्यूशियस ने राजा से कहा, "देखो राजन्, यह आम आदमी कितना महान् है। इसकी सोच इसे महान् बनाती है। सिर्फ बड़ी-बड़ी बातों से कोई महान् नहीं होता। महान् वही है, जो दूसरों के लिए अपना जीवन लगा दे।"

राजा ने अपनी सहमति जताई और उस वृद्ध के आगे सिर झुका दिया।

□

श्रम और परोपकार

एक बार गुरु गोविंद सिंह किसी गाँव में प्रवचन कर रहे थे। उन्हें सुनने के लिए बड़ी संख्या में लोग आए हुए थे। गाँव के सभी तबके के लोग वहाँ थे। उनमें किसान, मजदूर और जमींदार सभी थे। प्रवचन करते हुए गुरु गोविंद सिंह को प्यास लगी। उन्होंने सामने बैठे एक युवक से पानी लाने को कहा। युवक चाँदी के गिलास में ठंडा पानी लेकर आया। गुरुजी उसके हाथ से गिलास लेते हुए बोले, ''बेटा, तुम्हारा हाथ बहुत कोमल है।''

युवक बोला, ''गुरुजी, हमें कोई काम नहीं करना पड़ता। हमारे घर में कई नौकर-चाकर हैं। इसके अलावा खेती का काम करने के लिए अलग से मजदूर हैं। वे ही सारा काम करते हैं।''

गुरु ने कहा, ''फिर तुम क्या करते हो?''

युवक ने कहा, ''गुरुजी! मैं तो काम कराने के लिए नौकरों को आदेश देता हूँ। मौज-मस्ती करता हूँ। संत लोगों के प्रवचन सुनता हूँ। दिन आराम से कट जाता है।''

युवक की बात सुनकर गुरु गोविंद सिंह गिलास लौटाते हुए बोले, ''बेटा, मैं तुम्हारे हाथ का पानी नहीं पीऊँगा।''

युवक सकपका गया। बोला, ''गुरुजी, आप मेरे हाथ का पानी क्यों नहीं पीएँगे। मैं हाथ साफ करके पानी लाया हूँ। यह देखिए बिल्कुल साफ है मेरा हाथ।''

गुरु गोविंद सिंह बोले, ''बेटा, तुम्हारा हाथ साफ है। यह मैं देख रहा हूँ। लेकिन मैं ऐसे हाथ से जल ग्रहण नहीं कर सकता, जो सेवा, सहायता या श्रम से अछूता हो। हाथ वही पवित्र और साफ होते हैं, जो दूसरों की सेवा करते हैं। श्रम और सेवा के बगैर हाथ ही क्या, पूरा शरीर अपवित्र होता है। संतों के प्रवचन सुनकर भी तुम्हें ज्ञान नहीं हुआ कि श्रम और परोपकार ही सबसे बड़ा धर्म है।''

गुरु गोविंद सिंह की यह बात सुनकर वह युवक हमेशा के लिए उनका शिष्य बन गया और उसके बाद जहाँ-जहाँ कार-सेवा होती, वह सबसे पहले पहुँचता।

□

दयालुता

अमेरिका के राष्ट्रपति अब्राहम लिंकन अपने सरोकारों और सभ्य आचरण के लिए जाने जाते थे। किसी भी हालत में वे अपने सभ्य आचरण का दामन छोड़ने के लिए तैयार नहीं होते थे। आदमी तो आदमी, जानवर भी उनकी उदार दृष्टि में सहायता का पात्र था।

एक बार वे अपने एक मित्र के साथ सभा में जा रहे थे कि रास्ते में उन्हें एक गड्ढे में सुअर का एक बच्चा कीचड़ में फँसकर तड़पता दिखाई दिया। वे तुरंत बग्घी से उतरे और उस गड्ढे में उतरकर उन्होंने उस बच्चे को बाहर निकाला। सभा आरंभ होने में कम ही समय बचा था और उनके कपड़े गंदे हो गए थे, लेकिन कपड़े बदलने का उनके पास वक्त नहीं था। इसलिए वापस न जाकर उन्होंने हाथ-पैर धोए और सभा में पहुँचे। हर व्यक्ति उनके गंदे कपड़े देखकर उस मित्र से कारण पूछता और सारी घटना जानकर लिंकन के प्रति उसके दिल में आदर का भाव और बढ़ जाता।

उनका परिचय कराते हुए सभा के आयोजक ने कहा, ''हमारे राष्ट्रपति कितने दयालु हैं। सुअर के एक बच्चे को गड्ढे में तड़पते देखकर उन्होंने कपड़ों की परवाह किए बिना उसे तुरंत बाहर निकाल लिया…।''

वह वक्ता आगे कुछ बोल पाता, लिंकन उठ खड़े हुए और बोले, ''आप लोगों को कुछ गलतफहमी हुई है। वह बच्चा तड़प रहा था, इसलिए नहीं, वरन् उसे तड़पते देखकर मेरा स्वयं का अंतःकरण तड़पने लगा था, अतः उसके लिए नहीं बल्कि अपने लिए गड्ढे में गया और उसे बाहर निकाल लिया।''

लिंकन का यह व्यवहार आज के हमारे मंत्रियों, सांसदों के लिए एक मिसाल है कि बड़े आदमी का व्यवहार कैसा होना चाहिए। जाहिर है कि सिर्फ ऊँचे पद पर पहुँचने से ही कोई बड़ा नहीं हो जाता, बल्कि उसके लिए हृदय की विशालता भी जरूरी है।

□

अनोखा वसीयतनामा

संसार में यों तो कई महान् हस्तियाँ हैं, जिनके रोचक संस्मरणों से आम लोग वाकिफ हैं, लेकिन महान् चिंतक जॉर्ज बर्नार्ड शॉ की बात ही कुछ और थी। कहा जाता है कि पश्चिमी देशों में वे सबसे अधिक दृढ शाकाहारी व महान् जीव-जंतु प्रेमी थे। जॉर्ज बर्नार्ड शॉ के जीवन की एक दिलचस्प घटना है। एक बार जब वे बहुत बीमार पड़े तो डॉक्टरों ने कहा कि अगर वे अंडे और मांस का शोरबा लेंगे, तभी स्वस्थ हो पाएँगे। उन्हें डॉक्टरों ने बहुत समझाया और कहा कि यदि वे उनकी बात नहीं मानेंगे तो शीघ्र ही मर जाएँगे।

जॉर्ज बर्नार्ड शॉ ने डॉक्टरों का आदेश मानने से इनकार कर दिया, लेकिन डॉक्टर भी अपना निर्णय बदलने को तैयार न हुए। डॉक्टरों ने जॉर्ज से अंत में कह दिया कि उन्हें बीमारी से छुटकारा नहीं दिलाया जा सकता। जब बर्नार्ड की हालत एकदम बिगड़ गई, उन्हें लगने लगा कि अब शायद ही जिंदा रह पाएँगे तो उन्होंने अपने सेक्रेटरी को बुलवाया और कोर्ट के एक वकील को लाने को कहा।

वकील के आने पर जॉर्ज बर्नार्ड शॉ ने डॉक्टरों के सामने ही अपनी 'विल' (वसीयतनामा) लिखवाई, जिसमें उन्होंने कहा, ''मैं जॉर्ज बर्नार्ड शॉ शपथपूर्वक कहता हूँ कि मेरी अंतिम इच्छा है, जब मैं इस संसार से और अपने इस भौतिक शरीर से आजाद हो जाऊँ और जब मेरे शव को कब्रिस्तान ले जाया जाए तो उस वक्त निम्न श्रेणी के मातम मनानेवाले होंगे—

''प्रथम पक्षी, द्वितीय भेड़ें, मेमने, गाएँ और अन्य सभी तरह के चौपाए, तृतीय पानी में रहनेवाले जीव मछलियाँ। मेरे साथ कब्रिस्तान तक चलते समय इन जीवों के गले में एक विशेष कार्ड बँधा होगा—'हे प्रभु! हमारे हितचिंतक जॉर्ज बर्नार्ड शॉ पर दया करना, जिसने दूसरे जीवों की प्राण रक्षा के लिए अपना जीवन न्योछावर कर दिया'।''

कहा जाता है कि इस 'विल' को लिखवाने के बाद जॉर्ज बर्नार्ड शॉ ने प्राण त्याग दिए और उनकी अंतिम इच्छा के अनुसार इसी 'विल' को ध्यान में रखते हुए उन्हें कब्रिस्तान तक एक जुलूस के रूप में ले जाया गया।

□

खाली हाथ

महाराजा रणजीत सिंह तलवार के जितने धनी थे, उससे कहीं ज्यादा अपने शालीन व्यवहार के भी धनी थे। उनके जैसे प्रजापालक राजा बहुत कम हुए हैं। अपनी प्रजा के सुख-दु:ख का उन्हें हमेशा खयाल रहता था।

एक बार रणजीत सिंह अपने सैनिकों के साथ कहीं जा रहे थे कि सामने से एक पत्थर आकर उन्हें लगा। रणजीत सिंह को समझ में नहीं आया कि किसने और क्यों उनके ऊपर पत्थर फेंका। सिपाहियों ने चारों ओर नजर दौड़ाई तो एक बुढ़िया दिखाई दी। सिपाहियों ने उसे गिरफ्तार करके रणजीत सिंह के सामने हाजिर किया।

बुढ़िया की हालत ऐसी थी कि काटो तो खून नहीं। वह महाराजा रणजीत सिंह को देखते ही डर के मारे काँप उठी। महाराजा रणजीत सिंह उससे कुछ कहते उससे पहले ही वह बोल पड़ी—"सरकार, मेरा बच्चा कल से भूखा है। घर में खाने को कुछ न था। पेड़ पर पत्थर मार रही थी कि कुछ बेर तोड़कर उसे खिलाऊँ, लेकिन वह पत्थर भूल से आपको आ लगा। मैं बेकसूर हूँ सरकार, मुझे माफ किया जाए।"

बुढ़िया की बात सुनकर महाराजा रणजीत सिंह ने कुछ सोचा। फिर अपने सैनिकों से बोले, "इस बुढ़िया को एक हजार रुपए देकर ससम्मान छोड़ दिया जाए।"

यह सुनकर सारे सैनिक स्तंभित रह गए, उनकी समझ में नहीं आ रहा था कि जिसे दंड मिलना चाहिए था, उसे पुरस्कार दिया जा रहा है। आखिर एक सैनिक से रहा नहीं गया। उसने पूछ ही लिया—"महाराज, जिसे दंड मिलना चाहिए, उसे रुपए दिए जाएँगे, आखिर क्यों?" उस सैनिक ने यह भी शंका जताई कि यदि इस बात की जानकारी अन्य लोगों को हो गई तो वे भी महाराज पर पत्थर फेंकने के लिए प्रेरित हो सकते हैं। इसलिए महाराज को सोच-समझकर निर्णय लेना चाहिए।

रणजीत सिंह बोले, "यदि निर्जीव वृक्ष पत्थर लगने पर मीठा फल देता है, तो पंजाब का महाराजा उसे खाली हाथ कैसे लौटा दे?"

□

बड़ों का सम्मान

यह उस समय की घटना है, जब भारत में अंग्रेजी राज था। सर गुरुदास बंद्योपाध्याय कलकत्ता हाईकोर्ट के न्यायाधीश थे और कलकत्ता विश्वविद्यालय के वाइस चांसलर भी। एक बार वे हाईकोर्ट में बैठे कोई मुकदमा सुन रहे थे। उसी समय एक बुढ़िया वहाँ आई। उस बुढ़िया ने बचपन में सर गुरुदास को दूध पिलाया था। वह उनकी धाय थी। वह अपने देहात में चली गई थी।

एक बार जब ग्रहण पड़ा तो वह बहुत दिनों बाद गंगा-स्नान करने कलकत्ता आई थी। गंगा-स्नान करके उसके मन में आया कि अपने गुरुदास से मिलती जाऊँ। लोगों से पूछती-पूछती वह हाईकोर्ट चली आई। देहात की गरीब बुढ़िया होने के कारण मैले कपड़े पहने थी। गंगा-स्नान करने से उसके कपड़े भीगे थे। उसने सूखे कपड़े भी नहीं पहने थे। हाईकोर्ट का चपरासी उसे कमरे के भीतर नहीं जाने दे रहा था और वह उससे हाथ जोड़कर कह रही थी—"भैया, मुझे अपने गुरुदास से मिलने दो।"

अचानक सर गुरुदास की नजर दरवाजे की ओर चली गई। वे न्यायाधीश के आसन से झटपट खड़े हो गए। उनको आते देखकर चपरासी एक ओर हट गया। सर गुरुदास ने उस मैली-कुचली गरीब बुढ़िया को दंडवत् प्रणाम किया। यह देखकर वहाँ खड़े सब लोग हक्के-बक्के रह गए। देहाती बुढ़िया क्या जाने कि हाईकोर्ट क्या होता है और जज क्या होता है। उसकी तो दोनों आँखों से आँसू की धारा बहने लगी। उसने कहा, "मेरा गुरुदास! जीता रह बेटा!"

तब सर गुरुदास ने वहाँ खड़े लोगों को बताया—"मेरी माँ हैं। इन्होंने मुझे दूध पिलाया है। आज मुकदमा बंद रहेगा। मैं इन्हें लेकर घर जा रहा हूँ।"

घर पहुँचकर सर गुरुदास ने बुढ़िया का खूब आदर-सत्कार किया। दूध पिलाने वाली धाय भी माता ही है। जो इतने बड़े जज होकर धाय का भी इतना आदर करते थे, वे अपनी माता स्वर्णमणि देवी का कितना आदर करते होंगे। जो लोग पढ़-लिखकर, ऊँचे पद पाकर माता-पिता तथा घर-गाँव के बड़े लोगों का आदर नहीं करते, वे तो ओछे स्वभाव के कहे जाते हैं। अच्छे पुरुष वही हैं, जो पद, विद्या और बड़ाई पाकर भी अभिमान नहीं करते। वे सदा नम्र बने रहते हैं और अपने से बड़ों का आदर करते हैं। □

भाषीय गुलामी

प्रख्यात शिक्षाविद् और स्वाधीनता सेनानी डॉ. संपूर्णानंद को भारतीय जीवन मूल्यों में अपार आस्था थी। उनकी चाहत थी कि भारत राजनीतिक ही नहीं, सांस्कृतिक स्वतंत्रता भी प्राप्त करे और आजाद भारत में भारतीय शिक्षा-प्रणाली लागू हो। देश आजाद हुआ और डॉ. संपूर्णानंद उत्तर प्रदेश के शिक्षा मंत्री बने। शिक्षा मंत्री के उनके कार्यकाल के दौरान एक बार किसी विश्वविद्यालय के कुलपति महोदय उनसे मिलने आए।

संपूर्णानंदजी ने उनसे शिक्षा-प्रणाली में परिवर्तन के बारे में बातचीत शुरू की। संपूर्णानंदजी की राय थी कि अंग्रेजों के द्वारा चलाई गई शिक्षा-पद्धति तो भारत के नवयुवकों को केवल पाश्चात्य संस्कृति की गुलामी ही सिखाती है।

इस पर कुलपति महोदय बोले, "सर, आपकी बात तो सही है। आप ऑर्डर दें कि क्या किया जाना चाहिए।"

आगे भी बातचीत में उन महाशय ने दो-तीन बार 'सर' शब्द कहा कि संपूर्णानंद बिफर पड़े और बोले, "आप तो कई भाषाओं के ज्ञाता हैं, एक विश्वविद्यालय के कुलपति हैं, लाखों छात्र-छात्राओं के चरित्र एवं भविष्य के निर्मार्ण का दायित्व आपके कंधों पर है, फिर भी आप सर-सर की रट लगाए हुए अंग्रेजियत का बोझ ढो रहे हैं ?"

यह सुनकर कुलपति महोदय थोड़े सहम गए। तब संपूर्णानंदजी ने समझाया— "श्रीमान्, अंग्रेजों की शिक्षा ने अंग्रेजियत अपनाने की सीख दी थी। अब तो हम आजाद हैं। हमें अपनी संस्कृति के अनुरूप व्यवहार करना सीखना होगा। मुझे खेद है कि देश की आजादी के 62 साल बाद आज भी हमें यह ठीक से समझ नहीं पाए हैं। अब समय आ गया है कि हम भाषीय गुलामी को तोड़ते हुए दुनिया में अपनी अलग पहचान स्थापित करें।"

□

सभ्यता और शिष्टाचार

फ्रांस के सम्राट् हेनरी चतुर्थ अपने सभ्य आचरण और शिष्टाचार के लिए जाने जाते थे। वे किसी को भी अपने आचरण से यह नहीं जताते थे कि वे एक राजा हैं।

एक बार हेनरी अपने अंगरक्षक के साथ पेरिस की एक आम सड़क से गुजर रहे थे कि एक भिखारी ने अपना हैट उतारकर उनका अभिवादन किया। प्रत्युत्तर में हेनरी ने भी अपना सिर झुकाया। ऐसा करते देखकर उनके अंगरक्षक को बड़ा आश्चर्य हुआ और बुरा भी लगा। उसने हेनरी से कहा, ''महाराज सम्राट् का एक तुच्छ भिखारी को अभिवादन करना शोभा नहीं देता।''

सम्राट् ने अंगरक्षक से कहा, ''शोभा देता है या नहीं, यह तो तुम लोगों के सोचने की बात है, मेरी नहीं। मैं फ्रांस का राजा हूँ और मैं उन सबके प्रति जवाबदेह हूँ, जो मेरे राज्य के निवासी हैं। यदि मैंने उसके अभिवादन का प्रत्युत्तर नहीं दिया होता तो मेरे अंतर्मन की मनुष्यता कोसती रहती कि तू है तो फ्रांस का सम्राट्, लेकिन तुझमें सभ्यता और शिष्टाचार एक भिखारी के बराबर भी नहीं है।''

इतना ही नहीं, सम्राट् हेनरी ने अपने अंगरक्षक से यह भी कहा कि ''जो भी अभिवादन करता है, वह प्रत्युत्तर पाने का स्वयं ही अधिकारी हो जाता है। इसलिए अगर मैं उसके अभिवादन का प्रत्युत्तर नहीं देता तो वास्तव में वह उसके अधिकार का हनन करता और देश के सम्राट् होने के नाते यह मैं कैसे कर सकता था। राजा का काम अपनी प्रजा के अधिकारों की रक्षा करना है, न कि उसका हनन करता।''

सम्राट् की बात सुनकर अंगरक्षक को समझ में आ गया कि वह गलत सोच रहा था। उसने अपनी भूल स्वीकार की और वादा किया कि अब से वह हर किसी के अभिवादन का प्रत्युत्तर देगा।

□

लावण्य की तृषा

एक बार युवा सूरदासजी ग्रीष्म ऋतु की झुलसती दोपहरी में कहीं जा रहे थे और तृषा ने उन्हें व्यथित किया हुआ था। तभी पास ही उन्हें एक कुआँ दिखाई दिया; जहाँ एक सुंदर युवती जल से अपनी गागर भर रही थी। सूरदासजी ने युवती से जल देने की याचना की। वह जल निकालने लगी और इधर युवा सूरदास उसके सौंदर्य-रस का पान करने लगे।

जल पिलाकर जब वह युवती घर जाने लगी तो सूरदासजी भी उसके पीछे जाने लगे। बात यह थी कि सूरदासजी की जल की तृषा तो शांत हो गई थी, लेकिन लावण्य की तृषा का शमन नहीं हुआ था। सूरदासजी वहीं द्वार के सामने चुपचाप खड़े रहे। अकस्मात् युवती की नजर उन पर पड़ गई तो उनसे पूछा, "और पानी चाहिए?" यह कहकर वह उत्तर की प्रतीक्षा किए बिना ही जाकर पानी लेकर आ गई।

युवती के भोलेपन और अतिथि-सत्कार की भावना ने मानो सूरदासजी पर अंजन का काम कर दिया। वे मन-ही-मन स्वयं को धिक्कारने लगे—'अरे, जिसने मेरी तृषा का शमन किया, उस पर स्त्री के प्रति मेरे मन में कलुषित भाव जाग्रत् हुए। किंतु नहीं, इसमें इस अबोध मन का दोष नहीं, बल्कि इन कुटिल नयनों का दोष है और इसका दंड उन्हें अवश्य मिलना चाहिए, अन्यथा ये भविष्य में और अनर्थ कर सकते हैं।'

सूरदासजी को सोच-विचार में खड़े देखकर युवती चकित रह गई। उसने पुनः पूछा, "आपको जल चाहिए न?"

सूरदासजी ने नकार में सिर हिलाया। तब उस युवती ने साश्चर्य उनसे पुनः प्रश्न किया, "तब क्या चाहिए?"

सूरदासजी ने कुछ देर सोचा। फिर बोले, "चाकू!"

युवती एक चाकू ले आई और सूरदासजी को दे दिया। पश्चात्ताप की अग्नि में दग्ध युवा सूरदास ने अपने दोनों नेत्र फोड़ डाले और बोले, "इन्हें उचित दंड मिल गया है, अब इनकी पापी दृष्टि का कहीं प्रभाव न होगा।"

उस दिन से सूरदासजी नेत्रहीन हो गए।

□

वेतन और वतन

विद्यालय के छात्रों ने जब सुना कि उनके प्रिय शिक्षक विद्यालय छोड़कर जा रहे हैं तो उनके बीच खलबली मच गई। छात्र उन्हें बहुत चाहते थे। वे छात्रों को न केवल अपने विषय का समुचित ज्ञान देते, बल्कि अन्य विषयों में भी कोई परेशानी आने पर उसे हल कर देते थे। निर्धन छात्रों के तो वे मसीहा थे। उनकी फीस नियत समय पर जमा कर उन्हें स्कूल से निकाले जाने से वे बचा लेते थे। साथ ही उपयोगी पुस्तकों को छात्रों में वितरित कर उनके ज्ञान-स्तर में वृद्धि भी करते थे। ऐसे शिक्षक का विद्यालय छोड़ना छात्रों के लिए बहुत कष्टदायी था।

छात्र यह जानने के लिए उनके कमरे में गए कि वे क्यों जा रहे हैं ? वहाँ पहुँचकर एक छात्र ने पूछा, ''सर, हमने सुना है कि आप किसी दूसरे विद्यालय में जा रहे हैं। क्या यह सच है ?''

गुरु बोले, ''हाँ, यह सच है।''

गुरु के हाँ कहने पर छात्रों ने प्रश्न उठाया—''क्या आपको वहाँ अधिक वेतन मिलेगा ?''

शिक्षक बोले, ''नहीं, यहाँ मुझे 710 रुपए मासिक मिलते हैं और वहाँ 70 रुपए मासिक मिलेंगे।''

यह सुनकर छात्र चकित रह गए। उन्होंने पुनः प्रश्न किया—''सर, कम वेतन मिलने पर भी आप वहाँ क्यों जा रहे हैं ?''

शिक्षक बोले, ''वहाँ मुझे वतन का काम करना है। वेतन का मेरे लिए कोई आकर्षण नहीं है।''

तभी एक व्यक्ति ने कमरे में प्रवेश किया। शिक्षक ने दराज खोलकर उसे दो हजार रुपए दिए। रुपए लेकर वह व्यक्ति चला गया। छात्रों ने फिर पूछा, ''सर, आपने उस व्यक्ति को दो हजार रुपए क्यों दिए ?''

शिक्षक ने जवाब दिया, ''यह धन देश के लिए दिया गया है और यह धन देश का ही है।''

छात्र अपने शिक्षक की देशभक्ति देखकर उनके प्रति श्रद्धावनत हो गए। यह शिक्षक कोई और नहीं, प्रसिद्ध क्रांतिकारी, लेखक, कवि और बाद में महान् योगी बने श्रीअरविंद घोष थे। अरविंद का यह देशप्रेम हमें सिखाता है कि राष्ट्र सर्वोपरि है, इसीलिए राष्ट्र के लिए किसी भी तरह के बलिदान हेतु तत्पर रहना चाहिए।

□

मौन संदेश

एक बार गुरु नानकदेवजी अपने दोनों शिष्यों—बाला और मरदाना को साथ लेकर मुलतान पहुँचे। उनकी कीर्ति वहाँ बहुत पहले ही पहुँच चुकी थी। भक्तजन उनके सत्कार के लिए उमड़ पड़े। मुलतान के पीर बहाउद्दीन से यह सहन नहीं हुआ कि उन्हीं के गढ़ में एक परदेसी संत का उससे बढ़कर स्वागत हो। उसने शीघ्र अपने एक मुरीद को बुलाया और उसके द्वारा दूध से भरा हुआ एक प्याला गुरु नानक देवजी को भिजवा दिया।

दूध का प्याला देखकर मरदाना ने पूछा, ''गुरुजी, इस कटोरे का क्या मतलब है ?''

गुरु नानक बोले, ''दूध से भरा यह कटोरा भेजकर पीर बहाउद्दीन ने मुझे यह संकेत दिया है कि मुलतान में उनके रहते हुए किसी अन्य फकीर के लिए कोई स्थान नहीं है।''

मरदाना बोला, ''बड़ा घमंडी पीर है। इसका अभिमान चूर करना चाहिए।''

यह सुनकर गुरु नानक कुछ नहीं बोले। वे चुपचाप उठे और बाग से चमेली का एक फूल तोड़कर ले आए और उसे दूध से भरे कटोरे में डालते हुए बोले, ''मरदाना! जाओ, यह कटोरा पीर साहब को वापस दे आओ।''

भरे कटोरे पर चमेली का तैरता हुआ फूल देखकर बहाउद्दीन जितना हैरान हुआ, उससे भी अधिक गुरु नानकजी के दर्शन के लिए इतना व्याकुल हो गया कि नंगे पाँव ही अपनी कुटिया से निकल पड़ा। रास्ते में मरदाना ने पूछा, ''पीर साहब! कुछ हमें भी तो बताइए कि क्या बात है ?''

बहाउद्दीन बोले, ''तुम्हारे गुरु ने एक छोटा सा फूल भेजकर नसीहत दी है कि जिस प्रकार इस नन्हे फूल का कोई भार नहीं, वह भरे कटोरे में पड़कर भी इधर-उधर तैरता है और दूध को भी वहाँ से निकलना नहीं पड़ता, उसी तरह मैं भी मुलतान में कुछ दिन रहकर चला जाऊँगा। मरदाना! तुम्हारे गुरुजी ने मौन-संदेश से मुझे जो नसीहत दी है, यह मुझे वर्षों की तपस्या से भी प्राप्त नहीं हो सकी।''

यह कहकर पीर बहाउद्दीन नंगे पाँव ही गुरु नानकदेवजी के पास पहुँचे और उन्हें अपने साथ अपनी कुटिया में ले आए। गुरु नानक ने मुसकराते हुए कह, ''एक म्यान में दो तलवारें भले ही न समा सकें, परंतु एक कुटिया में दो फकीर अवश्य समा सकते हैं।''

□

मनुष्यता की पहचान

कलकत्ता के सुप्रसिद्ध विद्वान् और समाज-सुधारक थे रामतनु लाहिड़ी। पूरे शहर में एक सदाचारी व्यक्ति के रूप में भी उनकी प्रतिष्ठा थी। लाहिड़ी बाबू उन दिनों कृष्ण नगर कॉलेजियट स्कूल के प्रधानाध्यापक थे। सहकर्मी शिक्षक और छात्र भी उनसे काफी प्रभावित थे, क्योंकि वह अत्यंत सहजता से जीवनोपयोगी बातें समझा दिया करते थे। साथ ही उनका व्यवहार अत्यंत मधुर और अपनत्व से भरा था।

एक दिन वह अपने मित्र अश्विनी कुमार के साथ कहीं जा रहे थे। दोनों मित्र बातें करते हुए सड़क के एक ओर से चले जा रहे थे। इसी दौरान लाहिड़ी बाबू की नजर कुछ दूर से आते एक व्यक्ति पर पड़ी। उसे देखते ही लाहिड़ी बाबू ने बात बंद कर दी और अचानक सड़क के दूसरी ओर चले गए, ताकि वह व्यक्ति इन्हें न देख सके। अश्विनी कुमार को उनका यह व्यवहार थोड़ा विचित्र लगा।

जब वह व्यक्ति चला गया तो लाहिड़ी बाबू फिर इस ओर लौटकर आए। अश्विनी कुमार ने उनसे ऐसा करने का कारण पूछा, तो वे बोले, ''उन सज्जन ने मुझसे कुछ रुपए उधार लिये थे। जब वह मुझसे मिलते हैं, तभी कोई-न-कोई तारीख बताकर कहते हैं कि उस तारीख को रुपए दे देंगे, मगर दे नहीं पाते। उन्हें देखकर मैं उधर इसलिए चला गया कि मेरे कारण किसी को झूठ क्यों बोलना पड़े। इस तरह कुछ देर के लिए उन्हें गलत कार्य करने से रोकता हूँ।''

इन बातों से अश्विनी कुमार बड़े प्रभावित हुए। वे समझ गए कि दूसरों द्वारा की जानेवाली अनीति को रोकना मनुष्यता की सच्ची पहचान है।

□

वास्तविक ज्ञान

एक बार स्वामी विवेकानंद अपने गुरु स्वामी रामकृष्ण परमहंस के साथ आश्रम में शास्त्रों पर चर्चा कर रहे थे। चर्चा के दौरान परमहंस ने कहा, ''तुम्हारी याददाश्त बहुत तेज है। तुम एक बार जिस चीज को पढ़ लेते हो, वह तुम्हें कंठस्थ हो जाती है।''

अपनी प्रशंसा सुनकर विवेकानंद बोले, ''मगर गुरुदेव, एक बात समझ में नहीं आती कि बहुत से संत, विद्वान् और पुजारी वेद-पुराणों का अध्ययन करते पूरा जीवन व्यतीत कर देते हैं, फिर भी उनका ज्ञान अधूरा रह जाता है। उन्हें ज्ञान-लाभ क्यों नहीं मिलता?''

परमहंस ने कुछ सोचकर कहा, ''मेरे साथ चलो आश्रम के बाहर। मैं तुम्हारे प्रश्न का उत्तर वहीं दूँगा।''

दोनों बाहर आ गए। परमहंस ने कहा, ''यहाँ तुम्हें कौन सी चीज सबसे अच्छी लग रही है?''

विवेकानंद ने कहा, ''यहाँ तो सभी चीजें प्रिय हैं गुरुदेव। चारों ओर पेड़ों पर चिड़ियाँ चहचहा रही हैं। फूलों पर तितलियाँ मँडरा रही हैं।''

परमहंस ने फिर कहा, ''देखो, बहुत ऊँचाई पर आकाश में कुछ चील और गिद्ध उड़ रहे हैं। क्या बता सकते हो, उन्हें यहाँ की कौन सी चीज अच्छी लगती होगी?''

विवेकानंद ने इस प्रश्न का कोई जवाब नहीं दिया। वे चुप ही रहे। उन्हें चुप देख परमहंस ने कहा, ''जिन्हें तुम सुंदर समझते हो, वही दूसरों के लिए असुंदर हो सकती हैं और जिन्हें तुम घृणित मानते हो, वही दूसरों के लिए प्रिय हो सकती हैं। यही प्रकृति का नियम है। आकाश में उड़ रहे चील और गिद्धों की दृष्टि आश्रम के सजीव वातावरण पर नहीं, बल्कि पास में मरे हुए जानवरों के सड़े-गले मांस पर टिकी रहती है। उसी तरह जिन संतों की बातें तुम कह रहे हो, उनकी दृष्टि ज्ञान पर नहीं, बल्कि अपने लिए अधिक-से-अधिक सुख-सुविधा जुटाने पर टिकी होती है। जिनका मन हमेशा सुविधाओं में लगा रहेगा, उनका ज्ञान भी अधूरा ही रहेगा। ज्ञान तो इंद्रियों को वश में रखकर एकाग्रचित्त से मनन और अध्ययन करने से मिलता है।''

विवेकानंद को उनके प्रश्न का उत्तर मिल गया।

□

अनुकरणीय उदाहरण

कुलपति प्रो. झा अत्यंत सहृदय और शालीन थे। किसी भी बात पर 'नहीं' कहना नहीं जानते थे। उनके मित्र उन्हें इस भलमनसाहत के लिए आगाह करते रहते थे कि ऐसा व्यक्ति आज के युग में नुकसान उठाता है, किंतु वे नुकसान के डर से भलमनसाहत छोड़ना नहीं चाहते थे।

एक बार उन्हीं का शिष्य उमाशंकर अपने पुत्र के विवाह के लिए उनसे सात हजार रुपए उधार माँगकर ले गया। उन दिनों यह राशि भी बड़ी मानी जाती थी। कुछ समय गुजर जाने के बाद याद दिलाए जाने पर वह एक चेक धनराशि चुकाने के लिए दे गया; किंतु खाते में रकम नहीं होने के कारण चेक वापस लौट आया।

प्रो. झा के मित्रों ने कहा, "देखा न, हम सही कहते थे कि यह युग भलमनसाहत का नहीं।"

यह सुनकर प्रो. झा बड़े दुःखी हुए, लेकिन फिर भी भलमनसाहत नहीं छोड़ी। उन्होंने उमाशंकर को बुलवाया और एकांत में उसके हाथ में सात हजार रुपए रखकर कहा, "बेटा, कुछ देर बाद मेरे कुछ मित्र यहाँ आनेवाले हैं। तुम बराबर के कमरे में बैठो। ज्यों ही मित्रगण आ जाएँ, तुम मेरे पास आना और उनके सामने यह धनराशि मुझे यह कहकर देना कि जो रकम आपसे उधार ली थी, वह लौटा रहा हूँ।"

उमाशंकर हक्का-बक्का रह गया। वे ऐसा क्यों कर रहे हैं, यह पूछने पर उन्होंने बताया कि उन्हें धनराशि के नुकसान की कोई चिंता नहीं है, बल्कि इस बात की चिंता है कि ऐसी घटनाओं से समाज में यह धारणा दृढ न हो जाए कि इस युग में भला आदमी नुकसान में रहता है और धूर्त फायदे में। इसलिए उन लोगों के सामने यह मेरी ही रकम मुझे दे दोगे तो वे मुझे यह बात कहना बंद कर देंगे।"

इस बात का उमाशंकर पर गहरा प्रभाव पड़ा। वस्तुतः वह इस प्रकार के झाँसे देने का आदी हो चुका था, किंतु इस घटना के बाद उसके जीवन का रुख बदल गया।

□

सफलता का राज

प्रसिद्ध उद्योगपति सिएटल एक बार एक जनसभा को संबोधित करने के लिए आमंत्रित थे। उपस्थित जन-समुदाय उनसे उनकी संघर्षगाथा और सफलता की कहानियाँ सुनने के लिए उत्सुक था। वहाँ सभी वर्ग के लोग थे, क्योंकि सिएटल के जीवन और व्यक्तित्व ने हर तबके का ध्यान खींचा था।

भाषण देते हुए सिएटल ने अचानक ही जेब से पाँच सौ रुपए का एक नोट निकाला और वहाँ बैठे जन-समूह से पूछा, "अगर मैं इस नोट को गिरा दूँ तो कितने लोग इसे उठाने के लिए आगे बढ़ेंगे?"

लगभग सारे श्रोताओं ने ही अपने हाथ खड़े कर दिए। अब उन्होंने नोट को दोनों हाथों से मोड़कर मेज पर खड़ा कर दिया और फिर अपना वही सवाल दोहराया। इस बार भी सभी श्रोताओं ने अपने हाथ खड़े किए। अब सिएटल ने नोट को मुट्ठी में भींचकर बुरी तरह मसल दिया और कहा, "अब तो शायद इसे कोई भी लेना नहीं चाहेगा।"

लेकिन आश्चर्य! फिर सभी नोट लेने के लिए तैयार थे। इस पर सिएटल ने लोगों से कहा, "जिस तरह यह नोट दबकर, कुचलकर भी अपनी कीमत नहीं खो पाता है, इसी प्रकार सफल होने के लिए आपको भी तैयार होना पड़ेगा। सफलता की राह में ऐसे भी मौके आएँगे, जब आप पर लांछन लगें। आप दबाए जा सकते हैं और हतोत्साहित भी किए जा सकते हैं। मगर यदि आप भीतर से मजबूत और ईमानदार हैं तो इस नोट की तरह हमेशा कीमती बने रहेंगे। जिसका चरित्र मजबूत है, वह जीवन में कुछ भी हासिल कर सकता है और यही मेरी कामयाबी का भी राज है।"

लोग इस बात से बहुत प्रभावित हुए।

□

दानी कौन

सुप्रसिद्ध रूसी लेखक इवान तुर्गनेव अत्यंत कुलीन व संपन्न परिवार में जनमे थे। एक बार रास्ते में उन्हें बूढ़ा भिखारी दिखाई दिया। उसके तन पर तार-तार हो रहे कपड़े थे। जिनसे ठंड का रत्ती भर बचाव नहीं हो पाता था। वह आसपास जल रही आग तापने जाता तो लोग उसे भगा देते, क्योंकि उन्हें भिखारी का अपने पास बैठना शर्मनाक लगता था। उसके होंठ ठंड से नीले पड़ चुके थे और मैले हाथों पर सूजन थी। उसकी हालत देखकर तुर्गनेव द्रवित हो उठे। वे ठिठककर रुक गए।

भिखारी ने हाथ फैलाकर दान माँगा। तुर्गनेव ने कोट की जेब में हाथ डाला, बटुआ वह शायद लाना भूल गए थे। तुर्गनेव ने अपना खाली हाथ बाहर निकाला और निराशा भरी दृष्टि से भिखारी की ओर देखा। उसके चेहरे पर उम्मीद और उपेक्षा के भाव थे। देखकर वे बड़ी उलझन में फँस गए। कुछ क्षणों तक किंकर्तव्यविमूढ़ रहने के बाद उन्होंने एक बार फिर अपनी जेब में हाथ डाला कि कहीं कोई एक आध सिक्का रखा मिल जाए, लेकिन वह भी नहीं मिला। फिर तो बहुत ही दु:खी और निराश होकर उन्होंने भिखारी के हाथ अपने हाथों में लिये और बोले, ''मैं बहुत शर्मिंदा हूँ, मित्र। आज मैं अपना बटुआ घर भूल आया हूँ। अब मैं कुछ भी नहीं दे सकता। बुरा मत मानना।''

यह सुनकर भिखारी की आँखों से दो बूँद आँसू टपक पड़े। उसने बड़े अपनत्व से तुर्गनेव की ओर देखा। उसके होंठों पर हल्की सी मुसकराहट आई और वह तुर्गनेव के हाथों को धीरे से दबाकर बोला, ''आप शर्मिंदा न हों। मुझे बहुत कुछ मिल गया है, जिसका मूल्य पैसे से कहीं बढ़कर है। ईश्वर आपको समृद्धि दे।''

यह कहकर भिखारी अपनी राह चला गया, पर तुर्गनेव कुछ देर वहीं ठगे से खड़े रहे। उन्हें प्रतीत हुआ कि दान उन्होंने नहीं, वरन् भिखारी ने दिया है।

□

धैर्य का पाठ

भंसालीजी संस्कृत के प्रख्यात विद्वान् थे। वे प्राध्यापक के रूप में कार्य भी करते थे। संस्कृत के उत्थान के लिए रोज नई योजनाएँ बनाते रहते थे। एक दिन इसी संदर्भ में उन्होंने गांधीजी से मिलने का मन बनाया और उनके आश्रम पहुँच गए। आश्रम में पहुँचते ही उनकी नजर एक साधारण से दिखनेवाले कमजोर व्यक्ति पर पड़ी। वह व्यक्ति कुएँ से पानी खींच-खींचकर पौधों में डाल रहा था। वह अपने कार्य में मगन था।

उसे व्यस्त देखकर भंसालीजी बोले, ''सुनो भाई! मुझे महात्मा गांधीजी से मिलना है।''

यह सुनकर वह व्यक्ति गरदन उठाते हुए बोला, ''कहिए, क्या काम है उनसे?''

उस व्यक्ति की बात सुनकर भंसालीजी बोले, ''तुमसे क्या कहूँ। मेरी बातें तुम्हारी समझ में नहीं आएँगी। मुझे उनसे संस्कृत के संबंध में कुछ चर्चा करनी है।''

वह व्यक्ति बोला, ''ठीक है, आप मेरे साथ कुएँ पर चलिए। वे वहीं मिलेंगे।''

भंसाली उस व्यक्ति के साथ कुएँ पर गए। वहाँ जाते ही वह व्यक्ति जूठे बरतन माँजने लगा। यह देखकर थोड़ी देर तक तो भंसालीजी इधर-उधर देखते रहे। लेकिन जब कुछ देर बाद भी उन्हें उन दोनों के अलावा कोई और नजर नहीं आया तो वह थोड़ा गुस्से से बोले, ''तुम बरतन बाद में माँज लेना। पहले मुझे महात्मा गांधीजी से तो मिला दो।''

यह सुनकर वह व्यक्ति मुसकराते हुए बोला, ''मैं ही गांधी हूँ। संस्कृत पर चर्चा करने के लिए थोड़ा धैर्य भी तो चाहिए, पर आपको तो बहुत जल्दी है।''

भंसालीजी ने गांधीजी से माफी माँगी। वह उनकी सादगी के कायल हो गए।

□

नम्रता का पाठ

एक बार अमेरिका के राष्ट्रपति जॉर्ज वाशिंगटन नगर की स्थिति का जायजा लेने के लिए निकले। रास्ते में एक जगह भवन का निर्माण-कार्य चल रहा था। वह कुछ देर के लिए वहीं रुक गए और निर्माण-कार्य को गौर से देखने लगे। कुछ देर में उन्होंने देखा कि कई मजदूर एक बड़ा सा पत्थर उठाकर इमारत में ले जाने की कोशिश कर रहे हैं। लेकिन पत्थर बहुत भारी था, इसलिए वे इतने मजदूरों के उठाने पर भी उठ नहीं पा रहा था। ठेकेदार उन मजदूरों को पत्थर न उठा पाने के कारण डाँट रहा था, पर खुद किसी भी तरह उन्हें मदद देने को तैयार नहीं था।

यह सारा नजारा देखकर वाशिंगटन उस ठेकेदार के पास गए और बोल, ''इन मजदूरों की मदद करो। यदि एक आदमी और प्रयास करे तो यह पत्थर आसानी से उठ जाएगा।''

ठेकेदार वाशिंगटन को पहचान नहीं पाया और रोब से बोला, ''मैं दूसरों से काम लेता हूँ, मैं मजदूरी नहीं करता।''

यह जवाब सुनकर वाशिंगटन घोड़े से उतरे और पत्थर उठाने में मजदूरों की मदद करने लगे। उनके सहारा देते ही पत्थर उठ गया और आसानी से ऊपर चला गया। इसके बाद वे वापस अपने घोड़े पर आकर बैठ गए और बोले, ''सलाम ठेकेदार साहब, भविष्य में कभी तुम्हें एक व्यक्ति की कमी मालूम पड़े तो राष्ट्रपति भवन में आकर जॉर्ज वाशिंगटन को याद कर लेना।''

यह सुनते ही ठेकेदार उनके पैरों पर गिर पड़ा और अपने दुर्व्यवहार के लिए क्षमा माँगने लगा। ठेकेदार के माफी माँगने पर वाशिंगटन बोले, ''मेहनत करने से कोई छोटा नहीं हो जाता। मजदूरों की मदद करने से तुम उनका सम्मान हासिल करोगे। याद रखो, मदद के लिए सदैव तैयार रहनेवाले को ही समाज में प्रतिष्ठा हासिल होती है। इसलिए जीवन में ऊँचाइयाँ हासिल करने के लिए व्यवहार में नम्रता होना बेहद जरूरी है।''

उस दिन से ठेकेदार का व्यवहार बिल्कुल बदल गया और वह सभी के साथ अत्यंत नम्रता से पेश आने लगा।

□

उपचार का मूल्य

दुर्गाचरण बाबू कोलकाता के प्रसिद्ध चिकित्सकों में से एक थे। वे रामकृष्ण परमहंस के परम भक्त थे। रामकृष्ण परमहंस के शिष्य उन्हें नाग महाशय के नाम से जानते थे। उनके पिताजी कोलकाता के एक बड़े प्रतिष्ठान में काम करते थे। एक बार प्रतिष्ठान के मालिक के एक रिश्तेदार बीमार पड़ गए। वे बेहद धनी थे और उन्होंने अपने इलाज के लिए रुपया पानी की तरह बहा दिया। फिर भी उनकी सेहत में कोई सुधार नहीं आया। तब किसी ने उन्हें नाग महाशय के पास जाने की सलाह दी।

जब मालिक के रिश्तेदार को इस बात का पता चला कि नाग महाशय के पिता उन्हीं के संबंधी की कंपनी में हैं, तो उन्होंने उनसे नाग महाशय की जानकारी ली और अपने इलाज के लिए उनके पास पहुँचे। नाग महाशय ने रोगी को देखा। रोगी की हालत गंभीर थी, लेकिन नाग महाशय के कुशल उपचार से वे पूरी तरह स्वस्थ हो गए। बड़े-बड़े डॉक्टर भी जिस रोग का निवारण नहीं कर पाए, उसका निवारण नाग महाशय ने कुछ ही समय में कर दिया।

नाग महाशय से प्रसन्न होकर उसने उन्हें रुपयों से भरी थैली पकड़ाई तो नाग महाशय ने उसमें से केवल बीस रुपए निकाले और बोले, ''मेरी फीस इतनी ही है।''

धनिक महोदय नाग महाशय की ईमानदारी देखकर दंग रह गया। जब उनके पिता को इस बात का पता चला तो वह बोले, ''जब वह व्यक्ति स्वयं तुम्हें रुपयों की थैली दे रहा था तो तुम्हें वापस करने की क्या जरूरत थी?''

पिता की बात सुनकर नाग महाशय विनम्रता से बोले, ''पिताजी, मेरे उपचार का मूल्य तो इतना ही था और फिर आपने व मेरे गुरुजी ने ही तो मुझे सिखाया है कि हमेशा सच्चाई के मार्ग पर चलो, धर्म का पालन करो, यही मेहनत का द्वार है। मैंने तो अपने धर्म का पालन मात्र किया है।''

नाग महाशय की बातें सुनकर पिता शांत हो गए और उन्हें अपने पुत्र पर बेहद गर्व हुआ।

□

भूल का अहसास

इंग्लैंड के इतिहास में 'अल्फ्रेड' का नाम बड़े सम्मान से लिया जाता है। अल्फ्रेड ने प्रजा की भलाई के लिए अनेक साहसिक कार्य किए, जिससे वह महान् अल्फ्रेड (अल्फ्रेड द ग्रेट) के नाम से पुकारा जाता है।

प्रारंभ में अल्फ्रेड भी एक साधारण राजा की तरह, जो बाप-दादों से होता आया है, वह चाहे अच्छा हो या बुरा, करने की अंधविश्वासी प्रवृत्ति के कारण सामान्य व्यक्तियों का-सा, खाओ-पियो और वैभव-विलास में डूबे रहो का जीवन जीने लगा।

एक दिन ऐसा भी आया, जब उसकी यह सुस्ती शत्रुओं के लिए वरदान सिद्ध हुई। अल्फ्रेड का राज्य औरों ने हड़प लिया और उसे गद्दी से उतारकर मार भगाया। इधर-उधर मारे-मारे फिर रहे अल्फ्रेड को एक किसान के घर में नौकरी करनी पड़ी। उसके काम की देख-रेख किसान की पत्नी करती थी। अल्फ्रेड छिपे वेश में जिंदगी काटने लगा।

एक दिन किसान की पत्नी को किसी आवश्यक काम से बाहर जाना पड़ा। बटलोई पर दाल चढ़ी थी सो उसने अल्फ्रेड से कहा, "जब तक मैं नहीं आ जाती, तुम बटलोई की दाल का ध्यान रखना।"

यह कहकर किसान की पत्नी वहाँ से चली गई। जब वह काम पूरा कर लौटी तो उसने देखा, अल्फ्रेड एक ओर बैठा कुछ सोच रहा है और बटलोई की सारी दाल जल चुकी है। यह देख वह बोली, "तुझ पर भी अल्फ्रेड की छाया पड़ गई है, तू भी उसकी तरह मारा-मारा घूमेगा।"

अल्फ्रेड को अपनी भूल का पता चल गया। वह घर से बाहर निकला और फिर से युद्ध की तैयारी करने लगा। वह अपने बिखरे हुए मित्रों, सहयोगियों के पास गया और उन्हें संगठित किया, धन-संग्रह किया, सेना एकत्र की और दुश्मन पर चढ़ाई करके लंदन को फिर से जीत लिया।

□

उधार के रुपए

बनारस में एक धनी सेठ रहते थे अमीचंद। अमीचंद बंगाल के मुर्शिदाबाद जिले से व्यापार के सिलसिले में बनारस आए थे और फिर बनारस के ही होकर रह गए। वह काशी रामकटोरी बाग के पास रहते थे। समय की गति के साथ उन पर लक्ष्मी की कृपा बनी रही। अमीचंद बनारस के नामी अमीरों में गिने जाने लगे, लेकिन पुत्र न होने से दु:खी रहते।

सेठ अमीचंद सरस्वती के आराधक थे और काफी दिनों बाद सन् 1850 ई. में उनके घर एक बच्चे की किलकारी गूँजी। बच्चा कुछ बड़ा हुआ तो नाम रखा गया हरिश्चंद्र। हरिश्चंद्र में बचपन से कविता रचने के गुण थे। वह कुछ-न-कुछ गुनगुनाया करता। प्यार-दुलार में पला हरिश्चंद्र जब कुछ करने-समझने लायक हुआ तो माँ-बाप एक-एक कर मौत के मुँह में समाते चले गए।

यह देख हरिश्चंद्र का मन विरक्त हो गया। उन्हें धन से घृणा होने लगी और वह सचमुच के हरिश्चंद्र बन गए। दोनों हाथों से दुखियों, गरीबों, जरूरतमंदों को दान देने लगे। दान देना, कविता लिखना और मित्र-मंडली के साथ बैठना ही अब हरिश्चंद्र की दिनचर्या हो गई।

अतिशय दानशीलता के चलते एक समय तो ऐसा आया कि हरिश्चंद्र के पास एक भी पैसा नहीं बचा। उसके पास इतने पैसे भी नहीं थे कि वह लिफाफों पर टिकट चिपकाकर डाक में डाले सके। इसलिए दूर शहरों में रहनेवाले मित्रों को वह पत्र लिखते और लिफाफों में बंद कर अपने पास मेज पर रखते जाते।

एक दिन उनके एक मित्र ने बिना टिकट लगे लिफाफे देख लिये। कारण समझ गए और फिर उन्होंने पाँच रुपए के डाक टिकट लाकर लिफाफों पर चिपकाए और डाक में डाले।

कुछ दिन बाद हरिश्चंद्र की हालत सुधरी। उनके पास धन आया। अब जब भी वे मित्र हरिश्चंद्र से मिलने आते हरिश्चंद्र उन्हें पाँच रुपए देते हुए कहते—''मित्र, आपको याद नहीं, आपने एक बार मुझे पाँच रुपए उधार दिए थे।''

एक बार, दो बार, तीन बार, चार बार और जब बार-बार यही घटना होने लगी

तो एक दिन मित्र ने कड़े स्वर में कह दिया—''लगता है, अब मुझे आपसे मिलने आना बंद करना पड़ेगा। पाँच रुपयों ने तो मेरा जीना हराम कर दिया है।''

हरिश्चंद्र की आँखों से आँसू झरने लगे। वे बोले, ''मित्र! आपने ऐसे समय में मुझे पाँच रुपए दिए थे, जब कहीं से मिलने की उम्मीद नहीं थी, अब यदि मैं जिंदगी भर रोज आपको पाँच रुपए देता रहूँ, तो भी आपसे उऋण नहीं हो पाऊँगा।''

यही बाद में भारतेंदु हरिश्चंद्र के नाम से प्रसिद्ध हुए।

□

वैज्ञानिक तर्क

एक बार स्वामी विवेकानंद अमेरिका के एक विश्वविद्यालय में व्याख्यान दे रहे थे। उसमें बड़ी संख्या में छात्र, अध्यापक और विभिन्न विषयों के विद्वान् मौजूद थे, जो बड़ी उत्सुकता से स्वामीजी को सुन रहे थे। स्वामीजी के भाषण का मुख्य विषय था—भारतीय संस्कृति तथा अध्यात्म का रहस्य।

स्वामीजी ने कहा कि भारतीय संस्कृति तथा धर्म के सभी तत्त्वों का वैज्ञानिक महत्त्व भी है, इसलिए संस्कृति तथा अध्यात्म को वैज्ञानिकता से जोड़कर देखा जाता है। यह सुनकर एक अमेरिकी व्यक्ति उनके भाषण में दखल देते हुए बीच में उठकर बोला, ''वास्तव में आपकी संस्कृति महान् है, तभी तो आपके यहाँ देवी लक्ष्मी का वाहन उल्लू बनाया गया है, जिसे दिन में दिखाई भी नहीं देता। अब जरा बताइए कि उल्लू को देवी लक्ष्मी का वाहन बनाने के पीछे क्या वैज्ञानिक तर्क है ?''

उस व्यक्ति का प्रश्न सुनकर स्वामीजी अत्यंत सहजतापूर्वक बोले, ''पश्चिमी देशों की तरह भारत में धन को ही सबकुछ नहीं माना गया है। इसलिए हमारे ऋषि-मुनियों ने चेतावनी दी है कि लक्ष्मी रूपी धन के असीमित मात्रा में पास आते ही मनुष्य आँखें होते हुए भी उल्लू की तरह अंधा हो जाता है। इसी का संकेत देने के लिए लक्ष्मी का वाहन 'उल्लू' बनाया गया है और इसके पीछे यही वैज्ञानिक तर्क है।''

स्वामीजी के इस जवाब पर सभी वाह-वाह कर उठे। इसके बाद स्वामीजी फिर बोले, ''सरस्वती ज्ञान और विज्ञान की प्रतीक है। यह मानव का विवेक जाग्रत् करनेवाली देवी है, इसलिए सरस्वती का वाहन हंस है, जो नीर-क्षीर विवेक का प्रतीक है। इसलिए अब आप यह भलीभाँति समझ गए होंगे कि संस्कृति व धर्म के सभी तत्त्वों के पीछे वैज्ञानिक तर्क छिपे हुए हैं।''

वहाँ उपस्थित सभी लोगों के साथ ही वह व्यक्ति भी देवी-देवताओं के वाहनों की यह अवधारणा सुनकर स्वामीजी के प्रति नतमस्तक हो गया और उस दिन से भारतीय संस्कृति का प्रशंसक बन गया।

□

संकट का मुकाबला करो

गुरुकुल काँगड़ी की स्थापना के लिए स्वामी श्रद्धानंद को कहीं एकांत में जमीन की तलाश थी। खोजते-खोजते उन्हें हरिद्वार में गंगा के किनारे एक सुनसान जगह पसंद आ गई। लेकिन वहाँ जंगल था और अकसर खूँखार जानवर घूमा करते थे, फिर भी स्वामीजी ने वहाँ अपनी कमाई से गुरुकुल काँगड़ी की स्थापना की।

गुरुकुल की इमारत के बन जाने के बाद भी लोग वहाँ पढ़ने के लिए अपने बच्चों को नहीं भेजते थे। स्वामीजी ने आसपास के लोगों से आग्रह भी किया कि वे अपने बच्चों को वैदिक शिक्षा के लिए गुरुकुल में भेजें, लेकिन कोई भेज नहीं रहा था।

एक दिन स्वामीजी इस बारे में लोगों से बात कर रहे थे तो एक व्यक्ति ने उनसे कहा, ''स्वामीजी, हम अपने बच्चों को वहाँ कैसे भेजें, वहाँ सुनसान जगह में जंगली जानवर हर समय घूमते रहते हैं।''

यह सुनकर स्वामी श्रद्धानंद को तब अहसास हुआ कि लोग अपने बच्चों को डर के कारण नहीं भेज रहे हैं। इसके बाद उन्होंने अपने दोनों बेटों का नाम गुरुकुल काँगड़ी में लिखवा दिया। जब लोगों को इसकी जानकारी हुई तो धीरे-धीरे उनका डर दूर होने लगा और वे अपने बच्चों का नाम गुरुकुल काँगड़ी में लिखवाने लगे। जल्दी ही बड़ी संख्या में छात्र आ गए।

एक दिन स्वामीजी से एक शिष्य ने पूछा, ''स्वामीजी, आपके दोनों बेटों का नाम लिखाने के बाद ही दूसरे लोगों ने अपने बच्चों को यहाँ भेजना शुरू किया। ऐसा क्यों?''

स्वामीजी बोले, ''संकट काल में यदि हम दूसरों से कहें कि संकट का मुकाबला करो और हम स्वयं दूर खड़े रहें तो हमारी बात का असर नहीं होगा। हम जब तक स्वयं आगे नहीं बढ़ेंगे, तब तक दूसरे हमारा साथ नहीं देंगे। शुरू में किसी ने हमारी बात पर ध्यान नहीं दिया, लेकिन जब मैंने अपने बेटों का नाम लिखवा दिया तब लोगों को भरोसा हुआ कि स्वामीजी ठीक कह रहे हैं। धीरे-धीरे लोगों का डर पूरी तरह दूर हो गया।''

□

विश्वास की रक्षा

बात तब की है, जब अमर शहीद क्रांतिकारी राम प्रसाद 'बिस्मिल' पकड़ लिये गए। उन्हें कोतवाली लाया गया। कोतवाली में निगरानी रखनेवाला सिपाही सो रहा था। बिस्मिल के पास भागने का पूरा मौका था। उन्होंने देखा कि वहाँ केवल बुजुर्ग मुंशीजी जागे हुए हैं। बूढ़े मुंशी ने भाँप लिया कि बिस्मिल भागने की सोच रहे हैं। वह तुरंत बिस्मिल के पैरों में गिर गया और बोला, "ऐसा न करना। नहीं तो मैं बंदी बना लिया जाऊँगा और मेरे बच्चे भूखे मर जाएँगे।"

बिस्मिल को उस पर दया आ गई और उन्होंने भागने का विचार तत्काल त्याग दिया। संयोगवश दो दिनों के बाद ही ऐसा मौका उन्हें फिर मिला। उन्हें जब शौचालय ले जाया गया तो उनके दो सिपाही थे। एक ने दूसरे से कहा, "इसके हाथ में बँधी रस्सियाँ हटा दो। मुझे विश्वास है कि ये भागेंगे नहीं।"

इसके बाद जब बिस्मिल शौचालय गए तो पाया कि शौचालय की दीवार ज्यादा ऊँची नहीं है। बस हाथ बढ़ाते ही वह दीवार के ऊपर हो जाते और क्षण भर में बाहर निकल जाते। उन्होंने देखा कि बाहर सिपाही कुश्ती देखने में मगन हैं। वह भागने ही वाले थे कि उन्हें विचार आया कि जिस सिपाही ने विश्वास कर इतनी स्वतंत्रता दी, उससे विश्वासघात कैसे करूँ?

ऐसा विचार कर उन्होंने भागने का विचार तुरंत त्याग दिया। उन्होंने अपनी आत्मकथा में जेलर पंडित चंपालाल की भी काफी बड़ाई की है। उन्हें भागने के कई मौके हासिल हुए, लेकिन उन्होंने सोचा कि इससे पंडित चंपालाल के ऊपर आफत आ जाएगी। बिस्मिल के लिए विश्वास की रक्षा सबसे बड़ी चीज थी।

□

उत्कृष्ट प्रेम

अमीर खुसरो निजामुद्दीन औलिया के पक्के शागिर्द थे। खुसरो पहले सुल्तान के यहाँ नौकरी करते थे, लेकिन किसी कारणवश उन्होंने सुल्तान की नौकरी छोड़ दी और वे अपना सारा सामान ऊँट पर लादकर गुरु से मिलने दिल्ली की ओर चल पड़े।

उधर हजरत के पास एक गरीब आदमी आया और बोला, ''मालिक, मेरी लड़की की शादी तय हो गई है। यदि आप कुछ मदद कर सकें तो मैं आपका शुक्रगुजार रहूँगा।''

हजरत बोले, ''आज तो मेरे पास देने को कुछ नहीं है, तुम कल आना।''

दूसरे दिन भी यही जवाब मिला। तीन दिन बीत गए, लेकिन हजरत के पास भेंट चढ़ाने के लिए कोई नहीं आया। आखिर चौथे दिन भी जब वह गरीब वापस जाने लगा, तो उन्होंने उसे अपनी जूती ही दे दी। बेचारा जूती देखकर निराश हो गया, लेकिन उसने अस्वीकार नहीं किया। वह उसे ही लेकर जाने लगा, तो इतने में सामने से खुसरो आते दिखाई दिए।

अमीर खुसरो को लगा कि कहीं से पीर की खुशबू आ रही है, लेकिन पीर कहीं दिखाई न दिए। इतने में जब वह आदमी उधर से गुजरा तो उन्होंने उसे रोककर पूछा, ''आप कहाँ से आ रहे हैं ?''

उस व्यक्ति ने सारी बात बता दी। तब खुसरो बोले, ''क्या तुम इस जूती को बेचोगे ?''

वह आदमी बोला, ''आप वैसे ही ले लें।''

उस आदमी की बात सुनकर खुसरो ने पत्नी, दो बच्चों और खुद के लिए एक-एक ऊँट रखकर बाकी सारे ऊँट और उन पर लदा सामान उस आदमी को दे दिया। दिल्ली पहुँचने पर खुसरो ने पीर के चरणों में वह जूती रख दी। तब पीर ने पूछा, ''इसके बदले क्या दिया है तुमने ?''

खुसरो ने सारी चीजें गिना दीं। तब पीर बोले, ''तुम्हें यह सस्ते में ही मिला है।''

खुसरो को अपने प्रति यह उत्कृष्ट प्रेम देख उनके मुख से निम्न शब्द निकले— ''इसकी कब्र मेरी कब्र के पास ही बनाना।''

□

आम आदमी

यह घटना उस समय की है, जब लाल बहादुर शास्त्री उत्तर प्रदेश सरकार में मंत्री थे। माघ का महीना था। प्रयाग में संगम के तट पर कल्पवास करने उनकी माता श्रीमती राम दुलारी आई हुई थीं। उन्हें वहाँ एक महीना रहना था। वे संगम की रेत में एक साधारण सी कुटिया बनाकर रहने लगीं।

जब प्रशासन को यह बात पता चली कि शास्त्रीजी की माँ एक साधारण कुटिया में सभी के साथ रह रही हैं, तो एक वरिष्ठ अधिकारी आया और आदरपूर्वक बोला, ''माताजी, यह जगह आपके लिए नहीं है। यह जगह आम जनों के लिए है। आप यहाँ से चलिए। आपके रहने का इंतजाम सरकारी बँगले में कर दिया है।''

यह सुनकर राम दुलारी ने कहा, ''क्यों भैया, यह आम जन क्या होते हैं। हम सबसे अलग कैसे हो गए। मुझे यहाँ रहने दो।''

अधिकारी बोला, ''माताजी, आप हमारे मंत्रीजी की माँ हैं, इसलिए आप आम जन कैसे होंगी। चलिए आप यहाँ से। मैं आपको यहाँ नहीं रहने दूँगा।''

लेकिन शास्त्रीजी की माँ वहाँ से नहीं गईं। अंत में निराश होकर अधिकारी चला गया। दूसरे दिन शास्त्रीजी अपनी पत्नी ललिता के साथ माँ की कुटिया में आए। उन्होंने माँ से पूछा, ''माँ, आपको यहाँ कोई तकलीफ तो नहीं है।''

माँ बोली, ''बेटा, तकलीफ तो नहीं है, लेकिन कल तुम्हारे विभाग का एक अधिकारी आया था मुझे यहाँ से ले जाने के लिए। कह रहा था कि आप आम जन नहीं हैं। आप यहाँ नहीं रह सकतीं। बेटा, भला हम दूसरे लोगों से अलग कैसे हो सकते हैं? मुझे अफसोस है कि तुम्हारे रहते हुए भी तुम्हारे विभाग के लोग एक-दूसरे को बाँटने में लगे हुए हैं।''

माँ की बात सुनकर शास्त्रीजी बोले, ''माँ, आप चिंता न करें। हम सब लोग आम जन ही रहेंगे, हम लोगों को कोई नहीं बाँट सकता। आप निश्चिंत होकर यहाँ अन्य श्रद्धालुओं के साथ कल्पवास करो, अब आपको यहाँ से कोई नहीं हटाएगा।''

□

अपनी पहचान बनाएँ

अंग्रेजी के विश्वविख्यात लेखक जॉर्ज बर्नार्ड शॉ बेहद हँसमुख और मिलनसार थे। कई बार वे अपनी हाजिरजवाबी और सटीक टिप्पणी से लोगों को चमत्कृत कर देते थे। उनकी लोकप्रियता इतनी ज्यादा थी कि वे जहाँ भी जाते, लोग उन्हें घेर लेते थे।

एक बार वे किसी कॉलेज के कार्यक्रम में मुख्य अतिथि थे। जब कार्यक्रम समाप्त हुआ तो हमेशा की तरह ऑटोग्राफ बुक उनकी ओर बढ़ाते हुए उनसे कहा, ''सर, मुझे साहित्य का बहुत शौक है, मैंने आपकी सभी पुस्तकें पढ़ी हैं। आप मेरे प्रिय लेखक हैं। मैं अपने जीवन में अभी तक अपनी अलग पहचान नहीं बना पाया हूँ, लेकिन बनाना चाहता हूँ। मैं क्या करूँ? इसके लिए आप मुझे कोई संदेश देकर अपना हस्ताक्षर करें तो बहुत मेहरबानी होगी।''

बर्नार्ड शॉ नौजवान की बात पर मुसकराए, फिर उन्होंने उसके हाथ से हस्ताक्षर-पुस्तिका ली और उस पर संदेश लिखकर हस्ताक्षर किया और पुस्तिका लौटा दी।

नौजवान ने पुस्तिका खोलकर देखा तो हैरान रह गया। बर्नार्ड शॉ ने लिखा था— ''अपना समय दूसरों के हस्ताक्षर इकट्ठा करने में नष्ट न करें, बल्कि खुद को इस योग्य बनाएँ कि दूसरे आपके हस्ताक्षर प्राप्त करने के लिए लालायित रहें। अपनी अलग पहचान बनाने के लिए हर पल मेहनत करना और संघर्षरत रहना आवश्यक है।''

यह पढ़कर नौजवान ने कहा, ''सर, मैं आपके इस संदेश को जीवन भर याद रखूँगा और अपनी एक अलग पहचान बनाकर दिखाऊँगा।''

नौजवान की बात सुनकर बर्नार्ड शॉ ने नवयुवक की पीठ थपथपाई और भविष्य के लिए शुभकामनाएँ दीं।

□

हृदय का विस्तार

कर्नाटक के बेलगाँव में प्रसिद्ध विद्वान् पंडित चिदंबर दीक्षित रहा करते थे। ज्ञान, भक्ति और सेवा-कार्यों में उनका कोई सानी न था। आसपास के लोग उनके पास विभिन्न कामनाओं की पूर्ति के लिए आते रहते थे।

एक दिन एक महिला दीक्षितजी के घर पहुँची। वह उनसे संतान-प्राप्ति का आशीर्वाद लेने आई थी। उसने बताया कि वह सभी व्रत-उपवास करती है, लेकिन इसके बावजूद उसकी मनोकामना पूरी नहीं हो पा रही है। इसलिए उसका जीवन दुःखद हो गया है। वह अपने को अकेली व असहाय समझती है।

उस महिला की सारी बातें सुनने के बाद दीक्षितजी ने उसे दो मुट्ठी चने दिए और एक कोने में बैठकर इंतजार करने को कहा। वह महिला घर के बाहर एक कोने में चने खाने लगी; तभी सड़क पर खेल रहे बच्चे उस महिला का मुँह ताकने लगे। कुछ ने चने पाने की आशा में अपने हाथ भी महिला के सामने फैला दिए। महिला ने दूसरी तरफ मुँह मोड़ लिया और चुपचाप चने खाती रही। बच्चे मायूस होकर उसे देख रहे थे और उसने देखते-ही-देखते चने खत्म कर दिए।

यह सारा दृश्य पंडितजी देख रहे थे। उन्होंने महिला को अपने पास बुलाया और कहा, ''तुम मुफ्त में मिले चने भी भगवान् रूपी बच्चों के साथ मिल-बाँटकर नहीं खा सकती, तो तुम भगवान् से कैसे आशा करती हो कि वे तुम्हें बच्चों का सुख प्रदान करेंगे। तुम संतान चाहती हो, लेकिन तुम्हारे भीतर बच्चों के लिए ममता ही नहीं है। तुम सोचती हो कि तुम्हारे अपने बच्चे होंगे, तभी तुम उन्हें प्यार करोगी। दूसरों के बच्चों से तुम्हें क्या मतलब। यह गलत सोच है, तुम अपने हृदय का विस्तार करो। सबको गले लगाओ। सबके ऊपर ममता लुटाओ। दूसरों के बच्चों को भी अपनी ही संतान समझो। तुम देखोगी कि तुम्हारा जीवन एकदम बदल गया है। तुम अपने को अकेली और असहाय समझना बंद कर दोगी।''

पंडितजी के मुख से ऐसी बातें सुनकर महिला ने वचन दिया कि वह अपनी सोच बदलेगी।

□

भाग्य और पुरुषार्थ

राजा विक्रमादित्य के दरबार में कई ज्योतिषी थे। मगर वे कोई काम शुभ लगन देखकर या ज्योतिषी की सलाह लेकर नहीं करते थे। एक दिन राज-ज्योतिषी उनके पास आए और बोले, ''राजन्, आपके दरबार में कई ज्योतिषी हैं। आपकी तरफ से उन्हें सभी सुविधाएँ मिली हुई हैं, लेकिन आप कभी हमारी सेवाएँ नहीं लेते। आज मैं आपकी हस्तरेखा देखकर यह जानना चाहता हूँ कि आप ऐसा क्यों करते हैं?''

ज्योतिषी की बात सुनकर विक्रमादित्य बोले, ''मेरे पास इतना समय नहीं रहता कि मैं आप लोगों से सलाह ले सकूँ। जहाँ तक हस्तरेखा की बात है तो मैं इसमें विश्वास नहीं रखता। लेकिन आप कह रहे हैं तो देख लीजिए।''

हाथ देखकर राज-ज्योतिषी चक्कर में पड़ गए। उनकी आवाज बंद हो गई। उन्हें खामोश देख विक्रमादित्य ने पूछा, ''क्या हुआ? आप इतने परेशान क्यों हैं?''

राज-ज्योतिषी बोला, ''महाराज, आपकी हस्तरेखाएँ तो कुछ और कहती हैं। ज्योतिष के अनुसार आप को तो दुर्बल और दीन-हीन होना चाहिए था। लेकिन आप तो इसके विपरीत हैं। हजारों साल से ज्योतिष विद्या पर विश्वास करनेवाले लोग आपकी रेखाएँ देखकर भ्रमित हो जाएँगे। समझ में नहीं आ रहा कि ज्योतिष को सच मानूँ या आपकी रेखाओं।''

विक्रमादित्य बोले, ''अभी तो आपने मेरे बाहरी लक्षणों को ही देखा है, अब आप हमारे अंदर झाँककर देखिए।'' यह कहकर विक्रमादित्य ने तलवार की नोक अपने सीने में लगा दी।

यह देख राज-ज्योतिषी घबराकर बोला, ''बस महाराज, रहने दीजिए।''

विक्रमादित्य बोले, ''ज्योतिषी महाराज, आप परेशान मत हों, ज्योतिष विद्या भी तभी सार्थक सिद्ध होती है, जब मनुष्य में कुछ करने का संकल्प हो। हस्तरेखाएँ तो भाग्य नहीं बदल सकतीं, लेकिन मनुष्य में यदि पुरुषार्थ है, अभाग्य से लड़ने की शक्ति है तो उसकी नकारात्मक रेखाएँ भी अपने रूप बदल सकती हैं। लगता है, मेरे साथ ऐसा ही हुआ है।''

विक्रमादित्य की बात सुनकर ज्योतिषी अवाक् हो गए।

□

सही ठिकाना

एक बार रामकृष्ण परमहंस के पास एक श्रीमंत आकर बोले, ''सुना है, आपके पास माँ आती हैं, आप उनसे बातें भी करते हैं।''

रामकृष्ण बोले, ''हाँ आती हैं। जिस तरह से तुम मेरे साथ बातें कर रहे हो, उसी प्रकार मैं उनके साथ भी बातें करता हूँ।''

श्रीमंत ने पूछा, ''माँ कब आती हैं?''

रामकृष्ण ने उत्तर दिया—''उनका आगमन तय नहीं होता, जब उनकी इच्छा होती है, तब आ जाती हैं।''

श्रीमंत बोला, ''स्वामीजी, मेरा एक काम करना, इस बार जब माँ आएँ तो कहना कि मेरे पास भी पधारें। आप तो जानते ही हैं कि मैं बहुत व्यस्त रहता हूँ, इसलिए यहाँ बैठकर प्रतीक्षा नहीं कर सकूँगा।''

रामकृष्ण बोले, ''ठीक है, अगली बार माँ जब भी मुझे मिलेंगी तो अवश्य कहूँगा, मगर वह तुम्हें मिलने के लिए कहाँ आएँगी?''

श्रीमंत ने रामकृष्ण को अपना विजिटिंग कार्ड दिया। यह देख रामकृष्ण बोले, ''नहीं, नहीं, मुझे तुम्हारी कोठी का नहीं, तुम्हारा एड्रेस चाहिए, बस वह दे दो।''

यह सुनकर श्रीमंत उलझन में फँस गया। बोला, ''मेरा पता...क्या मतलब? मैं समझा नहीं।''

रामकृष्ण बोले, ''हाँ, तुम्हारा पता, तुम कौन हो? माँ को तो तुम्हारा पता देना पड़ेगा, तभी तो वे आ पाएँगी।''

यह कहकर रामकृष्ण ने विजिटिंग कार्ड वापस लौटा दिया और कहा, ''ये एड्रेस तो आपकी कोठी, ऑफिस और फैक्टरी के हैं। माँ वहाँ थोड़े ही आएँगी। वे तो तुम्हारे पास आएँगी, इसलिए अपना पता बताओ।''

श्रीमंत को फिर भी समझ में नहीं आया। बोला, ''स्वामीजी, मेरा पता का मतलब?''

तब रामकृष्ण ने उसे समझाते हुए कहा, ''तुम्हारे पते का मतलब है, तुम्हारे देह के भीतर जो आत्मा बैठी है, उसका पता। जिस दिन तुमको उसका पता मिल जाएगा, उस दिन माँ बिना बुलाए तुम्हारे पास आ जाएँगी।''

स्वामीजी की बात सुनकर अचानक उस श्रीमंत को सबकुछ समझ में आ गया। वह रामकृष्ण के चरणों में गिरकर रोने लगा, उसका सारा अहंकार पिघल गया। उस दिन से वह अपना सही ठिकाना ढूँढ़ने के लिए एक साधक की तरह जीवन बिताने लगा।

□

भगवान् नहीं, इनसान बनो

लगभग ढाई हजार वर्ष पहले चीन में दार्शनिक कन्फ्यूशियस की बहुत ख्याति थी। संसार भर के संत व बुद्धिजीवी उनके मौलिक चिंतन से प्रभावित थे। उन दिनों चीन का राजा स्वयं को ईश्वर का पुत्र बताकर फरमान जारी करता रहता था, कन्फ्यूशियस ने पहली बार साहस के साथ उसके दावे को चुनौती देते हुए प्रजा को निर्भय बनाने की पहल की। राजा तिलमिला उठा, किंतु वह जानता था कि कन्फ्यूशियस का जनता में इतना प्रभाव है कि यदि उनके विरुद्ध कारवाई की गई तो जनता विद्रोह कर देगी।

एक बार राजा संत कन्फ्यूशियस के पास पहुँचा। उसका अहंकार स्पष्ट झलक रहा था। संत ने कहा, ''ईश्वर ने अपने वचनों में कहा है, अहंकार व क्रोध राक्षसी प्रवृत्ति के परिचायक हैं। सरलता एवं सहनशीलता ही इनसान की सबसे बड़ी पहचान है। प्रजाजनों को धार्मिक बनाने की जगह यदि सबसे पहले इनसान बनाने का प्रयास किया जाए, तो ज्यादा अच्छा है। सरल जीवन एवं उदारता से ही मानव में दैवी गुणों का विकास हो सकता है। अपने-अपने धर्म व पथ को श्रेष्ठ सिद्ध करने के प्रयास की जगह आदमी को इनसान बनाने का प्रयास किया जाना चहिए।''

राजा समझ गया कि संत उसके अहंकार एवं स्वयंभू भगवान् बनने के दावे पर चोट कर रहे हैं। वह उनकी बातों को चुपचाप सहन कर गया। आगे चलकर शासन-व्यवस्था बदली, तो कन्फ्यूशियस की सीख को चीन में राजधर्म के रूप में स्वीकार किया गया। □

ईश्वर की खोज

प्रसिद्ध विचारक जेवियर एक बार बाल कटवा रहे थे। बातों ही बातों में जेवियर और नाई के बीच इस बात पर बहस छिड़ गई कि ईश्वर है कि नहीं। नाई का कहना था कि अगर ईश्वर होता तो दुनिया में शांति और खुशी होती, न कि हिंसा और बीमारियाँ। अगर वह होता तो दिखाई देता। लेकिन ईश्वर तो कहीं दिखता ही नहीं जेवियर का तर्क था कि ईश्वर तो कण-कण में बसा हुआ है, बस उसे खोजनेवाली नजर और साफ नीयत चाहिए।

बहस चलती रही और इस बीच नाई जेवियर के बाल भी काटता रहा। लोग भी इस बहस का मजा ले रहे थे। लेकिन कोई नतीजा नहीं निकला। बाल कटवाकर जेवियर दुकान के बाहर आ गए और सड़क पर इधर-उधर टहलने लगे। तभी उन्हें बड़े बालों और खिचड़ी दाढ़ी वाला एक युवक नजर आया। वह उस युवक को पकड़कर फिर उस नाई की दुकान पर चले गए। उन्होंने नाई से कहा, ''लगता है, शहर में एक भी ढंग का नाई नहीं बचा है।''

जेवियर की बात सुनकर नाई बोला, ''क्या बात करते हैं आप। मैं इस शहर का सबसे बढ़िया नाई हूँ। चारों ओर मेरे चर्चे होते हैं।''

नाई की बात सुनकर जेवियर बोले, ''अगर ऐसा है तो इस नौजवान के बाल इतने बेढंगे क्यों हैं?''

इस पर नाई ने तपाक से जवाब दिया, ''जब कोई मेरे पास आएगा, तभी तो मैं उसके बाल काट पाऊँगा न। मैं खुद ही कैसे समझ जाऊँगा कि किसके बाल बढ़े हुए हैं?''

यह सुनकर जेवियर मुसकराकर बोले, ''ठीक कह रहे हो। अभी कुछ देर पहले तुम कह रहे थे कि ईश्वर है ही नहीं। अरे भाई, कोई उसे खोजने जाएगा, उसका नाम लेगा, उसे पुकारेगा, उसे पाने की कोशिश करेगा, तभी तो ईश्वर मिलेगा। बिना कोई कर्म किए ईश्वर थोड़े ही मिलेगा।''

नाई उनकी इस बात से सहमत हो गया।

□

धर्म की शिक्षा

चीन में एक महान् दार्शनिक संत हुए हैं—ताओ बूचिन। परम विद्वान् और नितांत सादा जीवन व्यतीत करनेवाले ताओ बूचिन धर्म की सही शिक्षा देने के लिए विख्यात थे। लाखों की तादाद में लोग उनके पास आते और परम संतुष्टि का भाव लेकर वापस जाते। प्रत्येक व्यक्ति को उनकी प्रकृति के अनुकूल शिक्षा देना और तदनुसार उसे कर्मशील बनाना ताओ बू चिन की विशेषता थी।

एक दिन उनके पास चुंग सिन नामक एक व्यक्ति पहुँचा। उसने उनसे धर्म की शिक्षा देने की प्रार्थना की, जिसे संत ने स्वीकार कर लिया। संत ताओ बू चिन ने उस व्यक्ति को कुछ समय तक तो अपने पास रखा, फिर उसे दीन-दुखियों की सेवा में लगा दिया। चुंग सिन इस कार्य में निष्ठापूर्वक लगा रहा। वह वृद्धों और लाचारों की सेवा करता; उनका उपचार करवाता, उन्हें यथासमय पथ्यादि देता। चुंग सिन ने इस कार्य को करने में न दिन देखा, न रात। वह अपना आराम, सुख-चैन छोड़कर असहायों की मदद में लगा रहता। किसी को कोई भी कष्ट हो तो चुंग सिन उसे यथाशक्ति दूर करने की कोशिश करता। जब यह सेवा-कार्य करते-करते उसे काफी समय हो गया, तब उसने संत ताओ बू चिन से आग्रह किया—"महात्मन्, आपके पास रहते हुए मुझे इतने दिन हो गए हैं, किंतु आपने मुझे धर्म की शिक्षा नहीं दी।"

संत ने मुसकराते हुए कहा, "तुम्हारा तो जीवन ही यहाँ रहते हुए धर्ममय हो गया है। फिर मैं तुम्हें इस विषय में और क्या शिक्षा देता। तुम्हें जो कर्तव्य सौंपे गए, उनका पालन तुम पूरी निष्ठा से करते हो। यही सबसे बड़ा धर्म है। तुम इस धर्म का यथाशक्ति पालन करते हो। प्रत्येक कार्य को कर्तव्य पालन का भाव लेकर करना ही सच्चा धर्म है। धर्म पालन से आशय मंदिर-मसजिद में पूजा या व्रत-उपवास अथवा किसी भी प्रकार के बाह्याडंबर से नहीं है। विशुद्ध सात्त्विक भाव से अपना कर्तव्य पालन करना ही धर्म का मर्म है।"

चुंग सिन को कर्तव्य पालन के रूप में सही धर्म की शिक्षा मिल गई।

□

योगदान

पंद्रह रुपए मासिक वेतन पर रेलवे की नौकरी में लगकर एक भारतीय थोड़े ही वर्षों में दो सौ रुपए महावार पानेवाला अफसर बन गया। वह झाँसी के डिस्ट्रिकट सपुरिंटेंडेंट के मातहत काम करता था। सुपरिंटेंडेंट अंग्रेज साहब था। उसका काम इस भारतीय कर्मचारी को करना पड़ता। बात यहाँ तक रहती तो वह सहन कर लेता, पर उसे दूसरे पर अन्याय लादने को कहा गया। यह उससे मंजूर नहीं हुआ और उसने अपना इस्तीफा पेश कर दिया। यह भारतीय अधिकारी और कोई नहीं, हिंदी भाषा के महान् उन्नायक, 'सरस्वती' पत्रिका के संपादक आचार्य महावीर प्रसाद द्विवेदी थे।

आचार्यजी के इस प्रकार त्यागपत्र दे देने से उस गोरे अधिकारी को अपने हठधर्मी का बोध हुआ। वह प्रत्यक्ष व परोक्ष रूप से उन्हें त्यागपत्र वापस ले लेने का आग्रह करने लगा। आचार्यजी ने इस पर अपनी पत्नी की सलाह ली। त्यागपत्र दे दिया तो दे दिया। वह वापस किस मुँह से लें?

द्विवेदीजी सकुचाए। उनका संकोच देखकर पत्नी ने कहा, "आप तंगी के ही कारण परेशान हैं न। मैं केवल आठ आने रोज में सारे घर का खर्च चला लूँगी।"

कुछ समय द्विवेदीजी ने तेईस रुपए मासिक के वेतन पर 'सरस्वती' का संपादन आरंभ किया। उस अल्प वेतन में भी उस गृहलक्ष्मी ने बचत की और परिवार का खर्च चलाया।

आचार्य द्विवेदी ने 'सरस्वती' पत्रिका का संपादन करते हुए हिंदी साहित्य को जो प्रतिष्ठा दिलाई, वह साहित्य-प्रेमी अच्छी तरह जानते हैं। उनके योगदान को हिंदी साहित्य के इतिहास में 'द्विवेदी युग' के नाम से जाना जाता है। इस उपलब्धि में उनकी सहचरी का योगदान भी कम नहीं है।

□

खर्च की कटौती

एक बार प्रसिद्ध विद्वान् हजरत अबू बकर सिद्दिकी को मदीना का वजीर नियुक्त किया गया। नियुक्ति के बाद प्रश्न उठा कि इतने बड़े विद्वान् की तनख्वाह कितनी हो। वहाँ के बादशाह भी कोई निर्णय नहीं ले सके। काफी देर माथापच्ची करने के बाद अंत में यह निर्णय हुआ कि उनसे पूछकर ही उनका वेतन तय किया जाए। बादशाह स्वयं उनके पास गए और उनके सामने अपनी समस्या रखी।

अबू बकर ने कहा, ''जहाँपनाह! यह तो कोई समस्या है नहीं। मैं कोई जनता से अलग तो हूँ नहीं। बताइए, मदीना का एक औसत मजदूर महीने में कितना कमा लेता है?''

बादशाह ने कहा, ''तकरीबन एक दीनार तो कमा ही लेता है।''

अबू बकर बोले, ''ठीक है, मेरी तनख्वाह एक दीनार रखी जाए।''

यह सुनकर बादशाह हैरत में पड़ गए। बोले, ''क्या कहा आपने? एक दीनार, इससे ज्यादा तो मेरा नौकर कमाता है। आपकी बराबरी एक नौकर से नहीं हो सकती।''

अबू बकर ने कहा, ''आप मेरी बात नहीं समझ रहे हैं। आपने मुझे मुल्क का वजीर इसलिए बनाया है कि मैं यहाँ की गरीब जनता के हित में काम करूँ। देश को तरक्की पर ले जाऊँ। लेकिन जब मुझे यहाँ के अवाम के दर्द का पता नहीं चलेगा तो मैं कैसे उनके हित की बात सोचूँगा। एक मजदूर के बराबर तनख्वाह लेने से मुझे इतना तो पता रहेगा कि यहाँ साधारण लोग किस हाल में रहते हैं, वे अपनी गुजर-बसर किस तरह से करते हैं और उनकी भलाई कैसे हो सकती है। हमारी तनख्वाह ज्यादा होगी तो हमें पता ही नहीं चलेगा कि देश में क्या हो रहा है।''

बादशाह ने फिर जोर देकर कहा, ''यह नियम के खिलाफ होगा। आपकी तनख्वाह एक मजदूर के बराबर नहीं हो सकती।''

अबू बकर ने मुसकराकर कहा, ''फिक्र मत कीजिए। मैं हमेशा कोशिश करता रहूँगा कि यहाँ के मजदूरों की आमदनी जल्दी-जल्दी बढ़ती रहे। इससे मेरी तनख्वाह अपने आप बढ़ती जाएगी।''

यह सुनकर बादशाह निरुत्तर हो गए। उन्होंने शाही खर्च में कटौती कर दी।

□

धैर्य और साहस

प्रसिद्ध स्कॉटिश इतिहासकार और लेखक थॉमस कार्लाइल ने अनेक वर्षों की मेहनत के बाद एक महान् पुस्तक 'फ्रांस की क्रांति' की रचना की। उन्होंने अपने एक बेहद करीबी मित्र से इसकी चर्चा की तो उसने ग्रंथ की पांडुलिपि पढ़ने के लिए माँगी। कार्लाइल ने खुशी-खुशी पांडुलिपि अपने मित्र को दे दी।

एक दिन उसका मित्र पांडुलिपि को पुरानी पत्र-पत्रिकाओं में रखकर बाहर चला गया। उस समय उसका नौकर सफाई में लगा था। उसने पुरानी पत्र-पत्रिकाओं के साथ उस पांडुलिपि को भी रद्दी समझकर जला दिया। लौटने पर मित्र ने जब नौकर से पांडुलिपि के बारे में पूछा तो नौकर बोला, "साहब, मैंने तो उसे भी पुरानी रद्दी व समाचार-पत्रों के साथ बेकार समझकर जला दिया।"

यह सुनकर मित्र आपा खो बैठा। लेकिन गलती उसी की थी। उसने बड़ी मुश्किल से स्वयं को कार्लाइल को यह बात कहने के लिए तैयार किया। यह खबर पाकर कार्लाइल की पत्नी के आँसू थमने का नाम ही नहीं ले रहे थे। कार्लाइल की वर्षों की मेहनत मिट्टी में मिल गई थी।

उधर मित्र डर से थर-थर काँप रहा था। मित्र की हालत को देखते हुए कार्लाइल ने स्वयं पर काबू रखा और बोले, "कोई बात नहीं, ऐसी दुर्घटनाएँ तो होती ही रहती हैं।"

धैर्य और साहस के बावजूद कार्लाइल टूट तो रहे थे, लेकिन उन्होंने संकल्प लिया कि वे हार मानकर नहीं बैठेंगे, अपनी इस पुस्तक पर दोबारा काम करेंगे। क्या पता अगली पुस्तक पहले वाली से बेहतर बने। वे फिर से अपनी पुस्तक तैयार करने में जुट गए। दो वर्ष बाद उन्होंने फिर से उसी पुस्तक की रचना की और आज वह एक बेजोड़ किताब के रूप में जानी जाती है।

फ्रांस की क्रांति को समझने के लिए वह एक प्रामाणिक किताब है। इस तरह कार्लाइल ने अपने धैर्य व विपत्ति में न घबराने की प्रवृत्ति के कारण हाथ से छूटी सफलता को फिर से पा लिया।

□

भेदभाव

प्रसिद्ध कवयित्री महादेवी वर्मा तब छात्रा थीं, भगवान् बुद्ध का जीवन-चरित्र तथा उपदेश पढ़कर उनके मन में संसार से विरक्ति की भावना पैदा होने लगी। एक दिन उन्होंने निश्चय किया कि मैं भिक्षुणी बनकर अपना जीवन भगवान् बुद्ध के सद्विचारों के प्रचार-प्रसार के लिए समर्पित करूँगी।

यह निश्चय कर महादेवीजी ने लंका स्थित बौद्ध मंदिर के महास्थविर को पत्र लिखकर उनसे भिक्षुणी की दीक्षा देने का अनुरोध किया। महास्थविर ने उन्हें लिखा—''मैं अमुक दिन भारत आ रहा हूँ। आप वहीं मुझसे दीक्षा ले सकती हैं।''

महादेवी नियत दिन और समय पर नैनीताल पहुँच गई। उसने वहाँ के सचिव से संपर्ककर पूछा, ''मैं दीक्षा ग्रहण करूँगी। कुछ जिज्ञासाओं का समाधान भी मैं उनसे करना चाहती हूँ।''

सचिव ने बताया—''हमारे संतजी महिलाओं से प्रत्यक्ष बातचीत नहीं करते। उन्होंने महिला का मुख भी न देखने का संकल्प लिया है, वे आपको दूर से दीक्षा देकर भिक्षुणी बना सकते हैं।''

यह सुनकर महादेवीजी बोलीं, ''मैं ऐसे दुर्बल व्यक्ति को गुरु नहीं बनाऊँगी, जो आत्मा को महत्त्व न देकर स्त्री-पुरुष में भेदभाव रखता है।''

यह कहकर उन्होंने उसी समय भिक्षुणी बनने का विचार त्याग दिया। उसके बाद उन्होंने अपना जीवन कला तथा साहित्य-साधना के लिए समर्पित कर दिया।

□

धर्म का प्रचार

अलवर नरेश मंगलसिंह अंग्रेजियन के पक्के अनुयायी थे। उनका रहन-सहन, खान-पान और उनकी वेशभूषा अंग्रेजों जैसी ही होती थी। यहाँ तक कि उनके व्यवहार में भी अंग्रेजी सभ्यता के प्रति उनकी जितनी गहरी आसक्ति थी, हिंदू धर्म तथा संस्कृति के प्रति उतनी ही गहरी विरक्ति थी, लेकिन उनका दीवान पक्का हिंदुस्तानी था। उन्हें स्वामी विवेकानंद पर इस बात का गहरा विश्वास था कि वे महाराजा मंगलसिंह की विचारधारा को मोड़ने में उनकी मदद कर सकते हैं।

एक दिन उन्होंने स्वामीजी से विनती की और महाराजा के पास चलने के लिए कहा। महाराजा मंगलसिंह ने स्वामीजी से भेंट करने पर यह प्रश्न किया—"आप पढ़े-लिखे होकर भी यों भिक्षावृत्ति के सहारे अपनी आजीविका क्यों चलाते हैं? कहीं परिश्रम करके द्रव्यार्जन क्यों नहीं करते?"

उत्तर में स्वामीजी ने उन्हीं से प्रश्न किया—"क्या मैं पूछ सकता हूँ, जो हमारे देश को गुलाम बनाए हुए हैं, आप उन विदेशी शासकों की सभ्यता के प्रति इतने आसक्त क्यों हैं?"

मंगलसिंह ने उत्तर दिया—"इसलिए कि मुझे उसमें आनंद आता है।"

इस पर स्वामीजी बोले, "बस वही स्थिति मेरी भी है। आनंद ही प्रत्येक प्राणी का चरम लक्ष्य है, लेकिन उसे साधनीय तभी माना जा सकता है, जब वह अखंड हो, शाश्वत हो, अनश्वर हो, अपरिवर्तनीय हो। मुझे भी दूसरों की सेवा करने में, उनके दुःख दूर करने में तथा अपनी संस्कृति एवं धर्म का प्रचार एवं प्रसार करने में आनंद आता है और उसके लिए यह वेश तथा जीवन का यह क्रम आवश्यक है।"

स्वामीजी के साथ महाराजा की अनेक विषयों पर चर्चा हुई। अंत में वे स्वामीजी से बोले, "अब तक मैं अंधकार में था। आपने आज मेरे अंतर्चक्षु खोल दिए।"

उस दिन से महाराजा भारतीय धर्म तथा दर्शन के अनुयायी हो गए।

□

विचारों की जड़ें

एक बार स्वामी रामतीर्थ जापान गए। वहाँ जब वे सम्राट् का बाग देखने गए तो उन्हें यह देखकर आश्चर्य हुआ कि डेढ़-दो सौ वर्ष पुराने चिनार के वृक्षों की ऊँचाई एक-दो बालिश्त के बराबर ही थी। यह देख रामतीर्थ सोचने लगे, क्या कारण है कि ये वृक्ष अत्यधिक पुराने होने के बावजूद सौ-दो फीट ऊँचे न होकर एक-दो बालिश्त के ही हैं ? जब वहाँ के माली को उनकी समस्या मालूम पड़ी तो वह हँस पड़ा। फिर बोला, ''मालूम होता है, आपको वृक्षों के संबंध में कोई जानकारी नहीं है। आप लोग केवल वृक्ष देखते हैं, जबकि माली उसकी जड़ों को देखता है। हम इन वृक्षों की जड़ों को नीचे बढ़ने ही नहीं देते, उन्हें काटते रहते हैं। जड़ें कटने से वृक्ष ऊपर बढ़ नहीं सकता; क्योंकि जड़ें गहरी जाएँगी, वृक्ष उतना ही ऊपर बढ़ेगा। वास्तव में वृक्ष के प्राण ऊपर नहीं, जमीन में समाई जड़ों में होते हैं। यही कारण है कि यदि पूरा वृक्ष काट डाला जाए, किंतु जड़ों को वैसा ही रखा जाए तो जड़ों से फिर नया वृक्ष फूट निकलेगा। इसके विपरीत जड़ों को काट देने से वृक्ष के पनपने की संभावना ही नहीं रह जाती।''

माली की बात सुनकर स्वामी रामतीर्थ सोचने लगे, हम मनुष्यों का भी यही हाल है। हमें किसी व्यक्ति का बाहरी व्यक्तित्व और आचरण तो दिखाई देता है, लेकिन उसके विचार नहीं दिखाई देते। वास्तव में उसके आचरण की जड़ें उसके विचारों में ही होती हैं। यदि सुविचारों की जड़ें काट डाली जाएँ तो वह व्यक्ति विचारहीन हो जाएगा और ऐसा मनुष्य आचरण से भी पंगु बन जाएगा। हमने अपने विचारों के तल पर मानो आत्मघात कर लिया है; यही कारण है कि हमारे व्यक्तित्व का कल्पवृक्ष सूखकर ठूँठ हो गया है और लोग यह दुराशा लगाए रहते हैं कि यह ठूँठ फिर से हरा-भरा होकर फल-फूलकर छाया देगा, लेकिन यह उनका भ्रम है।

□

महानता

एक दिन कन्फ्यूशियस के पास सम्राट् ने आकर कहा, "राज्य में बेईमानी बढ़ती जा रही है, जहाँ-तहाँ छल-कपट और धोखेबाजी के दर्शन होते हैं। हर आदमी एक-दूसरे को पीछे छोड़ने की होड़ में है। इसके लिए वह तरह-तरह के अनैतिक कार्य कर रहा है, सुख-साधनों की भूख लगातार बढ़ती जा रही है। इतने बुरे हालात में क्या राज्य में ऐसा भी कोई आदमी होगा, जो सदाचारी है और गुणों में देवता से भी महान् है?"

कन्फ्यूशियस ने जवाब दिया—"है क्यों नहीं? एक तो स्वयं आप हैं सम्राट्, क्योंकि सत्य को जानने की जिज्ञासा वाले व्यक्ति को मैं महान् समझता हूँ।"

सम्राट् ने कहा, "आपकी दृष्टि में मैं भले ही महान् हूँ, मगर मैं ऐसे अन्य महान् आदमी को देखना चाहता हूँ, जो मुझसे भी महान् हो।"

कन्फ्यूशियस बोले, "तब तो वह व्यक्ति मैं हूँ।"

यह सुनकर सम्राट् बोला, "मैं आपसे भी महान् आदमी को देखना चाहता हूँ। कृपया मुझे उसके पास ले चलिए।"

कन्फ्यूशियस ने एक क्षण के लिए सम्राट् की ओर देखकर कहा, "सम्राट्, हमें उठकर कहीं जाने की जरूरत नहीं। हमसे महान् सैकड़ों आदमी हमें अपने आसपास ही देखने को मिलेंगे, केवल हमें उनकी ओर उस दृष्टि से देखना होगा। सामने उस सौ साल की बुढ़िया की ओर ही देखिए, वह क्या कर रही है?"

सम्राट् ने जवाब दिया—"कुदाल से कुआँ खोद रही है?" कुछ क्षण रुककर सम्राट् ने आगे कहा, "लेकिन उसे इस उम्र में कुआँ खोदने की क्या आवश्यकता है?"

कन्फ्यूशियस बोले, "आपने ठीक कहा, मगर जरूरत ही सब कुछ नहीं हुआ करती। जो निस्स्वार्थ भाव के साथ दूसरों के लिए इसी तरह निर्लिप्त होकर अपना जीवन बलिदान करते हैं, वही वास्तव में महान् हैं और ईश्वर स्वरूप हैं। ऐसे लोग ही जीते-जी जीवन और मरण की समस्त सीमाएँ लाँघकर अमर हो जाते हैं।"

□

सेवा का संदेश

पूर्व प्रधानमंत्री लाल बहादुर शास्त्री एक बार देश के सुदूर इलाकों के दौरे पर थे। वे आम जनता से मिलने ऐसे क्षेत्रों में जा रहे थे, जहाँ सुविधा के नाम पर कुछ भी नहीं था। लेकिन शास्त्रीजी के उत्साह में कोई कमी नहीं आ रही थी। हालाँकि उनके साथ चलनेवाले लोग परेशान हो रहे थे। कुछ लोगों ने शास्त्रीजी को लौट चलने की भी सलाह दी, पर वे नहीं माने।

ऐसे ही एक छोटे से गाँव में बड़ी देर तक पैदल घूमते हुए उनके पैर में थोड़ी चोट लग गई। उनके साथ आए लोगों ने बड़ी मुश्किल से एक डॉक्टर को बुलवाया। डॉक्टर ने आते ही उनके जख्म का उपचार किया और कुछ दवाइयाँ खाने को दीं। फिर कुछ जरूरती हिदायतें देकर वह जाने लगा, तो शास्त्रीजी ने उसकी फीस उसके हाथ में पकड़ाई। डॉक्टर को इसका अंदाजा नहीं था। वह पैसे देखकर सकपका गया।

उसने शास्त्रीजी को पैसे लौटाते हुए कहा, ''महोदय, इतनी छोटी सेवा के बदले फीस देकर शर्मिंदा न करें। मैं आपके काम आ सका, यही बहुत है।''

शास्त्रीजी विनम्रतापूर्वक बोले, ''डॉक्टर साहब, मैं आपको पैसे दे सकता हूँ तो आपको पैसे ले लेने चाहिए। हाँ, यदि कभी कोई निर्धन और असहाय व्यक्ति आपको मिले, जो फीस न चुका सकता हो तो उसका इलाज बिना फीस के करना। अगर आप ऐसा कर सकें तो मेरे ऊपर बहुत बड़ा अहसान होगा।''

शास्त्रीजी की बात सुनकर डॉक्टर बहुत प्रभावित हुआ। उस दिन से उसने अपना सारा जीवन गरीबों की सेवा में लगा दिया। शास्त्रीजी ने इसी तरह कई लोगों का जीवन बदल दिया था।

□

जीवन का अनुवाद

बात सन् 1952-53 की रही होगी, तब राष्ट्रकवि स्व. माखनलाल चतुर्वेदी के साहित्य की बहुत धूम थी। राष्ट्रपति डॉ. राजेंद्र प्रसाद और प्रधानमंत्री पं. जवाहरलाल नेहरू जैसे लोग भी उनके प्रशंसकों में से थे। इसलिए सोचा गया कि उन्हें राज्यसभा में लाया जाए। इस तरह से आजादी की लड़ाई में उनके योगदान का भी सम्मान होगा और संसद् में साहित्य का भी प्रतिनिधित्व होगा। लेकिन वह काम हो कैसे?

माखनजी के बारे में मशहूर था कि वे अत्यंत स्वाभिमानी, सम्मान या प्रदर्शन से दूर रहनेवाले और एकांत में रहकर साहित्व की सेवा करनेवाले व्यक्ति हैं। इसलिए पहले उन्हें तैयार करने की जिम्मेदारी प्रदेश कांग्रेस को सौंपी गई। पार्टी के लोग एक स्थानीय प्रतिनिधिमंडल लेकर माखनलालजी के यहाँ पहुँचे और उनसे निवेदन किया—"यदि आप राज्यसभा की सदस्यता स्वीकार कर लें, तो हिंदी साहित्य का भी प्रतिनिधित्व होगा और मध्य प्रदेश, खासकर खंडवा के लोग बहुत गौरवान्वित महसूस करेंगे। अपने लिए नहीं तो कम-से-कम प्रदेश के लोगों का मन रखने के लिए सदस्यता स्वीकार कर लें।"

लेकिन माखनलालजी ने किसी की नहीं सुनी और हँसकर उन्हें लौटा दिया। तब बहुत सोच-विचार के बाद राजेंद्र बाबू ने इसकी जिम्मेदारी स्व. बनारसीदास चतुर्वेदी को सौंपी कि वही किसी तरह से माखनलालजी को संसद् में आने के लिए मनाएँ। बनारसीदास राष्ट्रपति के दूत बनकर माखनलालजी के पास पहुँचे। उनसे बहुत आग्रह-अनुग्रह किया, लेकिन तब भी वे नहीं माने और प्रस्ताव को बड़ी विनम्रता से अस्वीकार कर दिया।

उन दिनों कन्हैयालाल भी माखनलालजी के ही पास रहकर अपनी पढ़ाई-लिखाई करते थे। एक दिन मौका देखकर कन्हैयालाल ने उनसे पूछा, "दादा, आखिर आप इतनी महत्त्वपूर्ण सदस्यता क्यों ठुकरा रहे हैं?"

माखनलालजी बोले, "कन्हैया! कला जीवन में अपना अनुवाद माँगती है। साहित्य में तुम त्याग और सादगी का गुणगान करो, मगर वास्तविक जीवन में उसका लालच बना रहे, तो वह कला कभी उदात्तता तक नहीं पहुँचाती।" आज जब सांसद बनने के लिए मारामारी मची रहती है, सोचता हूँ, कितने निस्स्वार्थ थे तब के लोग।"

□

भेदभाव की नीति

बात सन् 1885 की है। पूना के न्यू इंग्लिश हाई स्कूल में समारोह हो रहा था। प्रमुख द्वार पर एक स्वयंसेवक नियुक्त था, जिसे यह कर्तव्य भार दिया गया था कि आनेवाले अतिथियों के निमंत्रण-पत्र देखकर उन्हें सभा-स्थल पर यथास्थान पर बिठा दे। जिसके पास निमंत्रण-पत्र न हो, उसे प्रवेश न करने दे।

इस समारोह के मुख्य अतिथि थे—मुख्य न्यायाधीश महादेव गोविंद रानाडे। जैसे ही वे विद्यालय के द्वार पर पहुँचे, वैसे ही स्वयंसेवक ने उन्हें अंदर जाने से शालीनतापूर्वक रोक दिया और निमंत्रण-पत्र की माँग की।

रानाडे ने कहा, ''बेटे, मेरे पास तो निमंत्रण-पत्र नहीं है।''

स्वयंसेवक ने नम्रतापूर्वक कहा, ''क्षमा करें, तब तो आप अंदर प्रवेश नहीं कर सकते।''

द्वार पर रानाडे को देखकर स्वागत समिति के कई सदस्य वहाँ आ गए और उन्हें अंदर मंच की ओर ले जाने का प्रयास करने लगे। लेकिन स्वयंसेवक ने आगे बढ़कर कहा, ''श्रीमान! मेरे कार्य में यदि स्वागत समिति के सदस्य ही रोड़ा अटकाएँगे तो फिर मैं अपना कर्तव्य कैसे निभा सकूँगा? कोई भी अतिथि हो, उसके पास निमंत्रण-पत्र होना ही चाहिए। चाहे वह मुख्य अतिथि ही क्यों न हो। जब समारोह में आने के लिए सभी को निमंत्रण-पत्र दिए गए हैं, तो लोगों को लेकर आना चाहिए। सभी को समारोह में प्रवेश इसी आधार पर मिलना चाहिए। भेदभाव की नीति मुझसे नहीं बरती जाएगी।''

यह स्वयंसेवक आगे चलकर गोपाल कृष्ण गोखले के नाम से प्रसिद्ध हुआ और उसने देश की बड़ी सेवा की।

□

विचार और आचरण

सुविख्यात गांधीवादी नेता जीवतराम भगवानदास कृपलानी अत्यंत सरल स्वभाव के थे। अपनी अपार लोकप्रियता को वे अत्यंत सहजता से लेते थे और विशिष्ट होने का भाव कभी उनके विचारों और व्यवहार से नहीं झलकता था। उनके पास आनेवाले या उनके संपर्क में रहनेवाले सभी व्यक्तियों के प्रति उनका व्यवहार अपनत्व से भरा होता था। आचार्य कृपलानी मनुष्य मात्र की समानता में विश्वास रखते थे और किसी भी क्षुद्र आधार पर पक्षपात के घोर विरोधी थे।

एक बार की बात है। आचार्य कृपलानी ट्रेन से कहीं जा रहे थे। वे जिस डिब्बे में बैठे थे, उसमें एक महिला व पुरुष यात्री भी यात्रा कर रहे थे। वे आचार्यजी को नहीं पहचानते थे, किंतु उनकी बातों से अत्यंत प्रभावित होकर वे आचार्यजी से वार्त्तालाप करने लगे।

बातों ही बातों में उन्होंने आचार्यजी से पूछ, "आप किस जाति के हैं?"

कृपलानीजी तत्काल बोल, "मैं कई जातियों का हूँ।"

यह सुनकर दोनों ने आश्चर्य से पूछा, "वह कैसे?"

तब आचार्य कृपलानी बोले, "जब मैं सुबह अपने जूते साफ करता हूँ, तब शूद्र हो जाता हूँ। महाविद्यालय में पढ़ाने जाता हूँ तो ब्राह्मण हो जाता हूँ। वेतन का हिसाब करता हूँ तो वणिक हो जाता हूँ। अब आप ही बताइए कि मेरी क्या जाति है?"

फिर आचार्य ने उन्हें समझाया—"ईश्वर ने सभी मनुष्यों को समान बनाया है। इसलिए जाति, धर्म, लिंग, अमीरी-गरीबी आदि किसी भी आधार पर भेदभाव अनुचित है। मूल्यांकन का आधार मात्र विचार व आचरण होना चाहिए।"

आचार्य की बात सुनकर दोनों ने अपनी भूल के लिए उनसे क्षमा माँगी।

□

सौंदर्य और संगीत

फ्रांस के प्रसिद्ध संगीतकार गाल्फर्ड के पास उनकी एक शिष्या संगीत सीखने के लिए आया करती थी, वह देखने में अत्यंत कुरूप थी। एक दिन उसने महान् संगीतकार बनने की अपनी इच्छा के साथ अपने मन की व्यथा भी गाल्फर्ड के सामने व्यक्त की। उसने कहा, ''गुरुदेव! मैं जानती हूँ कि मैं अत्यंत कुरूप हूँ। अत: जब कभी भी मंच पर जाती हूँ, यह सोचने लगती हूँ कि अन्य लड़कियाँ तो बहुत आकर्षक हैं और उनकी तुलना में लोग कहीं मेरी हँसी तो नहीं उड़ाएँगे, यह सोचकर मैं सकपका जाती हूँ। इसका परिणाम यह होता है कि गाने की जो भी तैयारी मैं घर से करके जाती हूँ, वह सब गड़बड़ा जाती है। लेकिन घर पर अपने लोगों के बीच मैं ठीक से गाती हूँ और वहाँ सभी मेरे गायन की प्रशंसा करते हैं।''

गाल्फर्ड ने उसकी बातें ध्यान से सुनीं, फिर अत्यंत स्नेह से कहा, ''बेटी, संगीत का अपना ही सौंदर्य होता है। जो उस सौंदर्य का रस पीते हैं, वे गायक या गायकी का रूप नहीं देखते। फिर भी, तुम ऐसा करो कि रोजाना एक बड़े शीशे के सामने खड़ी होकर अपनी छवि निहारो और ऐसा करते हुए गीत गाओ। इससे तुम्हारी झिझक अपने आप समाप्त हो जाएगी और यह भी समझ में आ जाएगा कि संगीत की मधुरता और संगीतकार के रूप का आपस में कोई संबंध नहीं है। दर्पण के सामने तुम खुद महसूस करोगी कि जब मैं भाव-विभोर होकर गाऊँगी तो मेरा आकर्षण बहुत बढ़ जाएगा और मेरी कुरूपता की बात कोई सोच भी नहीं सकेगा।''

लड़की ने अपने गुरु गाल्फर्ड की सलाह पर अमल करना प्रारंभ कर दिया। इससे उसमें नया साहस और उत्साह उत्पन्न हुआ और बड़े आत्मविश्वास के साथ धीरे-धीरे उसने संगीत के क्षेत्र में इतनी प्रगति की कि वह फ्रांस की प्रख्यात गायिका 'मेरी वुडलनाल्ड' के नाम से विश्वविख्यात हुई।

□

अहंकार की भावना

आचार्य विनोबा भावे अपने प्रवचन में गीता का उदाहरण देकर प्रायः कहा करते थे कि भगवान् श्रीकृष्ण ने कहा था कि निष्काम कर्म करना ही सच्चा धर्म है। यदि किसी स्वार्थवश या प्रशंसा आदि पाने के लिए कोई कार्य किया जाता है तो वह कितना ही बड़ा सद्कर्म क्यों न हो, उसे निष्फल ही मानना चाहिए।

एक बार विनोबाजी वर्धा आश्रम में बैठे हुए थे। तभी डाकिया आया और उनके नाम का एक पत्र देकर चला गया। विनोबाजी ने लिफाफा खोला तो देखा कि उसमें गांधीजी के हाथ का लिखा हुआ एक पत्र था। गांधीजी ने लिखा था, 'आपके कार्यों के बारे में मैं सुनता रहता हूँ और उस निष्कर्ष पर पहुँचा हूँ कि आप पूर्ण समर्पित भाव से सेवा-कार्यों में जुटे हैं। आप जैसे उच्च आत्मा का जन्म दुर्लभ ही है।'

विनोबाजी ने पत्र पढ़ा और उसे फाड़कर टोकरी में डाल दिया। कमलनाथ बजाज ने फटे पत्र के टुकड़े उठाए, उन्हें एक नजर देखा और कहा, "यह तो गांधीजी का लिखा पत्र था। आपके बारे में तो उन्होंने सच ही लिखा है। आपने इसे फाड़ क्यों दिया?"

विनोबाजी का उत्तर था—"प्रशंसा से भरा यह पत्र किसी-न-किसी क्षण मेरे अंदर अहंकार की भावना पैदा कर सकता था। गांधीजी ने केवल मेरे गुण देखे हैं, उन्हें मेरे दोषों का पता नहीं। यह इकतरफा प्रशंसापत्र मेरे लिए व्यर्थ है।"

विनोबाजी की अहंकार शून्यता देखकर कमलनाथ दंग रह गए।

□

अपनी जरूरतों को कम करो

एक दिन महादेव गोविंद रानाडे के घर उनके किसी मित्र ने आम भेजे। रानाडे की पत्नी रमाबाई ने आम धोकर रानाडे के पास खाने के लिए रखे। रानाडे ने एक-दो टुकड़े खाकर उनके स्वाद की प्रशंसा की और बोले, ''इसे तुम भी खाकर देखो और सेवकों को भी दो।''

रमाबाई को आश्चर्य हुआ कि उनके पतिदेव ने आम के केवल एक-दो टुकड़े ही खाए। उन्होंने पूछा, ''आपका स्वास्थ्य तो ठीक है ?''

रानाडे बोले, ''तुम सोच रही होगी कि आम स्वादिष्ट हैं तो फिर मैंने ज्यादा क्यों नहीं खाए ? दरअसल, ये मुझे बहुत स्वादिष्ट लगे, इसलिए मैं अधिक नहीं ले रहा।''

पति की यह अजीब बात रमाबाई को समझ में नहीं आई। तब रानाडे ने उन्हें समझाते हुए कहा, ''बचपन में मेरे पड़ोस में एक महिला रहती थी। वह पहले काफी संपन्न थी। लेकिन दुर्भाग्य से उसकी सारी संपत्ति चली गई। किसी प्रकार उसका और उसके पुत्र का पालन-पोषण हो सके, इतनी ही आय उसके पास बची। वह कई बार जब अकेली होती, तब अपने आपसे कहती—'मेरी जीभ बहुत चटोरी है। इसे बहुत समझाती हूँ कि अब चार-छह साग मिलने के दिन गए। कई प्रकार की मिठाइयाँ अब दुर्लभ हैं। पकवानों को याद करने से कोई लाभ नहीं, फिर भी मेरी जीभ नहीं मानती, जबकि मेरा बेटा रूखी-सूखी खाकर पेट भर लेता है।'

उस महिला की बात सुनकर तभी से मैंने नियम बना लिया कि जीभ जिस वस्तु को पसंद करे, उसे थोड़ा ही खाना है। अपनी जरूरतों को कम रखने से जहाँ सुख के दिनों में आनंद रहता है, वहीं दुःख के दिनों में भी कष्ट नहीं होता।

□

मनोविज्ञान का नियम

प्रख्यात मनोविज्ञानी सिगमंड फ्रायड अपनी पत्नी और बच्चे के साथ एक बगीचे में घूमने गए। पति-पत्नी बात करने में मशगूल हो गए। जब चलने को हुए तो उन्हें अपना बच्चा कहीं नजर नहीं आया। फ्रायड की पत्नी रोने लगीं। फ्रायड ने उसे समझाया—"घबराकर हिम्मत हारने से बच्चा नहीं मिलेगा।"

यह सुनकर पत्नी ने कहा, "अगर आप खोजेंगे ही नहीं, तो कैसे मिलेगा?"

लेकिन फ्रायड इस बात से जरा भी परेशान नहीं हुए। उन्होंने पत्नी से पूछा, "क्या तुमने बगीचे में बच्चे को किसी जगह पर जाने से मना किया था?"

पत्नी कुछ देर तक सोचती रही। फिर याद करते हुए बोली, "हाँ, मैंने उसे फव्वारे के पास जाने को मना किया था। फव्वारा बड़ा ही खूबसूरत था, लेकिन मुझे डर था कि वहाँ जाने पर उसका कुछ नुकसान न हो जाए।"

यह सुनते ही फ्रायड बोले, "फव्वारे के पास चलें। हमारा बच्चा वहीं है।"

पत्नी नाराज होकर बोली, "आप भी अजीब आदमी हैं। फव्वारा तो हमने बहुत देर पहले देखा था। तो क्या बच्चा अभी तक वहीं होगा?"

फ्रायड ने कहा, "पहले वहाँ चलकर देखते हैं, फिर और कहीं देखेंगे। मेरे विचार में तो हमें वह वहीं मिलेगा।"

वे दोनों फव्वारे के पास पहुँचे तो पत्नी यह देखकर दंग रह गई कि बच्चा वाकई बड़े आराम से फ़व्वारे के पास बैठकर उसे निहार रहा था। यह देखकर पत्नी ने पूछा, "आपको कैसे पता चला कि बच्चा यहाँ पर होगा?"

पत्नी की बात सुनकर फ्रायड मुसकराए और बोले, "बच्चा वहीं जाएगा, जहाँ उसे जाने से मना किया जाएगा। बच्चे को जिस काम से रोका जाएगा, वह उसे जान-बूझकर करेगा।"

मनोविज्ञान का यह नियम सिर्फ बच्चों पर ही नहीं, बल्कि बड़ों पर भी लागू होता है।

□

सफलता का मंत्र

एक बार गुरु नानक किसी गाँव में प्रवचन कर रहे थे। उन्होंने कहा, ''सफलता के लिए प्रत्येक व्यक्ति को आशावादी होना चाहिए।''

प्रवचन खत्म होने के बाद एक भक्त ने पूछा, ''गुरुजी, क्या किसी चीज की आशा करना ही सफलता की कुंजी है?''

नानकदेव ने कहा, ''हाँ, किसी भी चीज की आशा करते रहने से उसका मिलना आसान हो जाता है।''

भक्त ने कहा, ''गुरुजी, आपकी गूढ़ बातें मेरी समझ में नहीं आ रही हैं।''

उस समय खेतों में गेहूँ की कटाई हो रही थी। नानकजी ने कहा, ''चलो मेरे साथ। तुम्हारे प्रश्न का उत्तर वहीं दूँगा।''

नानकजी उस व्यक्ति को अपने साथ लेकर खेतों की ओर चले गए। उन्होंने देखा कि एक खेत में दो भाई गेहूँ की कटाई कर रहे थे। बड़ा भाई तेजी से कटाई करता आगे था, दूसरा भाई पीछे। नानक उस व्यक्ति के साथ वहीं एक आम के पेड़ के नीचे बैठ गए। दोपहर का समय था। छोटा भाई बोला, ''भैया, आज तो पूरी कटाई हो नहीं पाएगी। अभी तो कटने को बहुत बाकी है। क्यों न कल सुबह आकर काट लेंगे।''

बड़े भाई ने कहा, ''अब ज्यादा कहाँ बचा है। देखता नहीं, थोड़ा ही तो रह गया है। अब हम इन दो कतारों को बाँट लेंगे तो बाकी बारह कतारें रह जाएँगी। इतना तो आराम से काट लेंगे। कल पर क्यों टालना है।''

बड़े भाई की बातें सुनकर छोटा भाई जोश में आ गया और उसका हाथ भी तेजी से चलने लगा। तब नानक ने उस व्यक्ति से कहा, ''तुम्हारे प्रश्न का उत्तर सामने है। छोटा भाई पहले निराश होकर काम बंद करने को कह रहा था, लेकिन बड़े भाई ने उसमें जोश जगाया तो छोटा भाई भी तेजी से कटाई करने लगा। इसे कहते हैं आशावाद। बड़ा भाई आशावादी है। आशावाद का दूसरा नाम संकल्प है। मन में आशा जगेगी, तभी संकल्प करोगे और संकल्प में ही मनुष्य की ताकत छुपी हुई है।''

□

योग्य मार्गदर्शन

एक बार महात्मा गांधी साइंस लेबोरेटरी अहमदाबाद में कुछ छात्र प्रयोग कर रहे थे। इस दौरान दो विद्यार्थियों से भारी गलती हो गई। उन्हें लगा कि अब उन्हें कड़ी सजा मिलेगी। प्रयोगशाला उन दिनों प्रख्यात वैज्ञानिक विक्रम साराभाई ने कुछ ही दिनों पहले शुरू की थी। दोनों छात्र डरते-डरते उनके पास पहुँचे।

साराभाई उनको घबराया देखकर बोले, ''क्या बात है? तुम दोनों इतना क्यों घबराए हुए हो?''

इस पर एक छात्र डरते-डरते बोला, ''सर, इलेक्ट्रिक मीटर बिगड़ गया है। इसलिए उसमें से बहुत ज्यादा करंट पास हो गया है।''

यह सुनकर साराभाई सन्न रह गए। फिर उन्होंने स्वयं को सँभाला और बोले, ''अरे! बस इतनी सी बात के लिए तुम दोनों इतना परेशान हो। कोई बात नहीं। विद्यार्थी जब अध्ययन और प्रयोग करते हैं, तो ऐसी घटनाएँ हो ही जाती हैं। यदि विद्यार्थी गलतियाँ नहीं करेंगे तो सीखेंगे कैसे? हाँ, भविष्य में प्रयोग करते समय अवश्य सावधानी बरतना, जिससे ऐसे नुकसान से बचा जा सके।''

साराभाई की बातें सुनकर विद्यार्थी उनके प्रति श्रद्धा से अभिभूत हो उठे। दरअसल, जो गलती इन दोनों छात्रों से हुई थी, उसके कारण एक बहुत महँगा व महत्त्वपूर्ण यंत्र पूरी तरह जल गया था। वह यंत्र उन दिनों बाजार में भी मौजूद नहीं था। यहाँ तक कि उस यंत्र के जल जाने के कारण अनेक महत्त्वपूर्ण प्रयोग रुक गए थे। लेकिन साराभाई इस नुकसान पर न तो झल्लाए, न ही उन्होंने तनिक भी गुस्सा प्रकट किया, बल्कि दोनों छात्रों के भय को शांत कर उन्हें सामान्य किया। बाद में जिसने भी यह प्रसंग सुना, उसने साराभाई की प्रशंसा की।

□

मन की शक्ति

हेनरी इरविंग अपने समय के बेहद लोकप्रिय हॉलीवुड स्टार थे। पूरे हॉलीवुड में उनके अभिनय की तूती बोलती थी। हर निर्माता-निर्देशक की वे पहली पसंद थे, इसलिए उनकी व्यस्तता अपने चरम पर थी। न उन्हें अपने लिए समय था न परिवार के लिए। वे पूर्णतः कला के लिए समर्पित थे। वे दिन-रात मेहनत करते हुए अपने किरदारों को इस कदर जीवित कर देते कि देखनेवाले वाह-वाह कर उठते। लेकिन इस कठोर मेहनत और स्वास्थ्य के प्रति लापरवाही से हेनरी अत्यधिक कमजोर हो गए और उन्हें बीमारियों ने जकड़ लिया।

रोग निरंतर बढ़ता गया, किंतु हेनरी का अभिनय-प्रेम कम नहीं हुआ। चिकित्सकों ने उन्हें पूर्ण विश्राम की सलाह दी, किंतु वे नहीं माने। मर्ज बढ़ने के बावजूद वे निरंतर मंच पर अभिनय करते रहे। उन्हें तो बस अभिनय की धुन सवार थी और अच्छे से अच्छा काम करने के लिए वे सदा लालायित रहते थे।

एक रात तो चिकित्सकों ने हेनरी को यह चेतावनी दे दी कि यदि वे अभिनय करेंगे, तो संभवतः अगले दिन का सवेरा नहीं देख पाएँगे। इस चेतावनी पर वे मुसकराए और निर्धारित कार्यक्रम के अनुसार मंच पर आ गए। उस रात उन्होंने अविस्मरणीय अभिनय किया, जिसकी भूरि-भूरि प्रशंसा हुई और साथ ही चिकित्सकों की भविष्यवाणी भी गलत साबित हो गई।

हेनरी ने अपने मन की शक्ति से तन पर विजय प्राप्त कर ली। यह सत्यकथा मन की असीम शक्ति को रेखांकित करती है। यदि मन में दृढता हो तो बाधा-विरोध, कष्ट किसी भी स्वरूप में आएँ, उनका हटना तय है। इससे लक्ष्य की उपलब्धि आसान हो जाती है। इसीलिए तो कहते हैं—'मन के हारे हार है, मन के जीते जीत'। सभी प्रकार की शक्तियों में मन की शक्ति सबसे बड़ी होती है। भय यदि मजबूत हो तो सभी प्रतिकूलताओं पर विजय प्राप्त कर लक्ष्य की प्राप्ति की जा सकती है।

□

सीखने की क्षमता

सूफी संत शेख सादी अपने सादगीपूर्ण जीवन और व्यावहारिक ज्ञान के लिए विख्यात थे। एक दिन एक व्यक्ति उनके पास आया और बोला, ''महाराज, मैं बड़ी दूर से आया हूँ। कृपा करके आप मुझे तालीम दें। इससे पूर्व मैं कई उस्तादों के पास गया। यह मेरा दुर्भाग्य ही था कि वे सभी मेरे विषय में असफल रहे और मैं अब तक कुछ नहीं सीख पाया।''

उस व्यक्ति की बात सुनकर शेख सादी हँसे, फिर बोले, ''ठीक है, मैं तुम्हें एक कहानी सुनाता हूँ। उसे सुनकर तुम अपना बेहतर मूल्यांकन कर पाओगे।''

यह कहकर शेख सादी ने कहानी सुनाना आरंभ किया—एक बादशाह था। उसका एक ही बेटा था। दुर्भाग्य से वह जड़बुद्धि था। बादशाह ने उसके लिए अनेक योग्य शिक्षक नियुक्त किए। लेकिन वह उनसे कुछ सीख न पाया। बादशाह ने एक बार किसी पहुँचे हुए उस्ताद के विषय में सुना तो वह उससे जाकर मिला और कहा, ''मेरे लड़के को तुम अन्य शिष्यों के साथ पढ़ाओ और उन्हीं की तरह काबिल बना दो।''

उस्ताद ने बात मान ली और उसे अपने शिष्यों के साथ कई सालों तक पढ़ाया, किंतु वह कुछ नहीं सीख पाया, जबकि बाकी बच्चे पढ़-लिखकर होशियार हो गए। यह फर्क देखकर बादशाह नाराज होकर उस्ताद से बोला, ''तुमने अपना वादा पूरा नहीं किया।''

उस्ताद बोला, ''मालिक, तालीम तो मैंने सभी को एक सी दी है, किंतु सीखने की क्षमता सबकी अलग-अलग है। यह बिल्कुल वैसा ही है, जैसे कि सोना-चाँदी भी मिट्टी और पत्थरों में से ही निकलते हैं, किंतु हर पत्थर और हर जगह की मिट्टी में से नहीं।''

बादशाह उस्ताद की बात का मर्म समझ गया। यह कथा सुनाकर शेख सादी उस व्यक्ति से बोले, ''ज्ञान को ग्रहण करने की क्षमता सभी की अलग-अलग होती है। इसलिए यहाँ सिखानेवाले से अधिक सीखनेवाले की योग्यता प्रशिक्षु का बौद्धिक स्तर मापने का सही पैमाना होती है।''

□

सेवा ही धर्म है

एक बार राजेंद्र प्रसाद ट्रेन के तीसरे दर्जे में बैठकर कहीं जा रहे थे। गरमी का महीना था। गाड़ी में भीड़ बहुत थी। ट्रेन एक स्टेशन पर रुकी। संयोग से उसी समय प्लेटफार्म के दूसरी ओर भी एक गाड़ी आकर रुकी। उसमें भी बहुत भीड़ थी। राजेंद्र बाबू ने देखा कि दूसरी ट्रेन के एक डिब्बे में लोग पानी के लिए चिल्ला रहे हैं। चूँकि भीड़ बहुत ज्यादा थी, इसलिए वे डिब्बे से नीचे उतर नहीं सकते थे। कोई उन पर ध्यान नहीं दे रहा था।

तभी राजेंद्र बाबू की नजर एक महिला पर गई, जो अपने छोटे बच्चे को गोद में लिए खिड़की से पानी-पानी चिल्ला रही थी। प्यास से बच्चा रो रहा था। उसकी तरफ भी किसी का ध्यान नहीं जा रहा था। राजेंद्र बाबू से रहा नहीं गया। वे अपने डिब्बे के लोगों को धकियाते हुए किसी तरह नीचे उतरे और दौड़कर नल से अपने लोटे में पानी भरकर उसे दिया। तब तक उनकी गाड़ी चल पड़ी। लेकिन दौड़कर किसी तरह उन्होंने अपनी ट्रेन पकड़ ली। उनकी सीट के बगल वाले व्यक्ति ने कहा, "आप तो दुबले-पतले कमजोर आदमी हैं। इस तरह जोखिम उठाकर आपको ऐसा काम नहीं करना चाहिए था। यात्रियों की सुविधा का ध्यान रखना तो सरकार का काम है।"

राजेंद्र बाबू बोले, "भइया, जब हम लोग ही दूसरे की मदद नहीं करेंगे तो सरकार क्या करेगी। उसको क्यों दोष देते हो। वैसे भी प्यासे को पानी पिलाना तो पुण्य का काम है। आप तो हट्टे-कट्टे हैं। आपको यह काम सबसे पहले करना चाहिए था।"

बातचीत में जब उस व्यक्ति को मालूम हुआ कि यह सज्जन कोई और नहीं, राजेंद्र बाबू हैं, तो वह शर्मिंदा हो गया, उसने राजेंद्र बाबू से क्षमा माँगी।

राजेंद्र बाबू ने कहा, "अरे, इसमें क्षमा माँगने की क्या बात है। आज से तुम भी प्रण कर लो कि जरूरतमंद की सेवा का कोई अवसर नहीं छोड़ोगे। सेवा ही सबसे बड़ा धर्म है।"

□

आत्मग्लानि

एक बार चैतन्य महाप्रभु अपने कुछ शिष्यों और अनुयायियों के साथ बंगाल के एक नगर में गए और वाटिका में अपना आसन जमाया। नगर के लोग उनके दर्शन के लिए आने लगे। उन्होंने इन आनेवालों से एक प्रश्न किया—"क्या तुम बता सकते हो, तुम्हारे नगर में सबसे अधिक खराब आदमी कौन है?"

यह प्रश्न सुनकर वहाँ उपस्थित प्रत्येक व्यक्ति ने एक ही उत्तर दिया कि मघाई नाम का एक व्यक्ति उनके नगर में सबसे अधिक बुरा और प्रायः सभी के लिए कष्टों का कारण है।

यह उत्तर सुनकर चैतन्य ने अपने दो शिष्यों को बुलाया और उन्हें आदेश दिया—"जाओ, मघाई को बुला लाओ।"

दोनों शिष्य मघाई के पास पहुँचे। वह उस समय अपने किसी मित्र के साथ बैठा शराब पी रहा था। जब शिष्य ने गुरु का संदेश उसे दिया तो उसने एक खाली बोतल उसके सिर पर दे मारी। सिर में जख्म हो गया और खून निकलने लगा।

शिष्यों ने गुरु के पास जाकर सारी घटना सुना दी। यह सब सुनकर गुरु ने अपने आठ-दस शिष्यों को बुलाया और कहा, "जाओ और यदि मघाई खुशी से न आए तो उसे पकड़कर ले आओ।"

शिष्य मघाई को पकड़कर चैतन्य के पास ले आए। चैतन्य ने एक अच्छा गुदगुदा फर्श बिछवा रखा था। मघाई को उसी फर्श पर लिटाया गया। वह सोच रहा था कि उसे दंड मिलेगा, परंतु देखता क्या है चैतन्य उसके पैरों के पास बैठ गए और उन्होंने अपने हाथ उसके पैर पर इस प्रकार रखे कि जैसे कोई किसी के पैर दबाता है। मघाई घबराकर उठ बैठा। उसका हृदय उलट-पलट हो गया और वह चैतन्य के हाथों को पैर से हटाकर अश्रुपूर्ण नेत्रों से कहने लगा—"महाराज, मैं बड़ा पातकी हूँ। मैंने अनेक अपराध किए हैं। आपने क्यों अपने पवित्र हाथों को मेरे शरीर से लगाकर अपवित्र किया?"

अब वह मघाई पहला मघाई नहीं रहा। अब उसके भीतर आत्मग्लानि उत्पन्न हो चुकी थी और वह अपने दुष्कर्मों से घृणा करने लगा था। बाद में वही मघाई चैतन्य का सर्वश्रेष्ठ शिष्य बना।

□

अच्छे व्यक्ति की पहचान

मणिबेन लौहपुरुष सरदार वल्लभभाई पटेल की सुपुत्री थीं। वे अपने पिता की जी-जान से सेवा करती थीं और उन्हीं के समान बहुत निष्ठावान राष्ट्रभक्त थीं। भारत के स्वतंत्रता संग्राम में और आजादी मिलने के बाद विविध प्रांतों को एक कर राष्ट्र का एक सबल ढाँचा खड़ा करने में सरदार पटेल की सशक्त भूमिका है।

एक बार की बात है। सरदार पटेल अस्वस्थ थे। मणिबेन उनकी दवा आदि का ध्यान रखती थीं। एक दिन वे अपने पिता को दवा पिला रही थीं कि तभी वरिष्ठ कांग्रेसी महावीर त्यागी अपने कुछ मित्रों के साथ वहाँ आए। बातचीत के दौरान उन्होंने देखा कि मणिबेन की धोती में जगह-जगह पैबंद लगे हैं। यह देखकर वे बोले, ''मणिबेन! तुम एक ऐसे पिता की बेटी हो, जिसने सालभर में इतना बड़ा चक्रवर्ती राज्य स्थापित किया है, जितना बड़ा न अकबर का और न अशोक का था। ऐसे बड़े सरदार की बेटी होकर तुम्हें पैबंद लगी धोती पहनने में शर्म नहीं आती?''

यह सुनकर मणिबेन बोलीं, ''शर्म आए उन लोगों को, जो झूठ बोलते, बेईमानी करते और शेखी बघारते हैं। मैं तो गरीब बाप की बेटी हूँ। अच्छे कपड़े कहाँ से लाऊँगी। और हाँ, नैतिक दृष्टि से स्वस्थ जीवन जी सकें, इसके लिए जरूरत है सच्चाई को पहचानकर अंगीकार करने की, जो मात्र सादगी रूपी परहेज से ही संभव है। अच्छे आदमी की पहचान उसके कपड़ों से नहीं, बल्कि गुणों व व्यवहार से होती है। इसलिए रहन-सहन भले सादा हो, किंतु विचार व व्यवहार श्रेष्ठतम होना चाहिए।''

मणिबेन के विचार जान महावीर त्यागी उनके सामने नतमस्तक हो गए।

□

सहनशीलता

एक बार स्वामी दयानंदजी अपने शिष्यों के साथ यात्रा पर निकले। कई दिनों की यात्रा करने के बाद उन्होंने फर्रुखाबाद में अपना डेरा डालने का निश्चय किया। वहाँ गंगा के तट पर उन्होंने अपना आसन जमाया। समीप ही एक झोंपड़ी में एक साधु रहता था। स्वामीजी को वहाँ आया देख उसका मन ईर्ष्या और भय से भर उठा। उसे लगा कि इनके आ जाने से उसकी आवभगत कम न हो जाए। कहीं उनके भक्तों की संख्या कम न हो जाए। इसी ईर्ष्या से वह उनके पास रोज जाकर भला-बुरा कहा करता, लेकिन दयानंदजी उस ओर ध्यान न दे मुसकरा देते।

एक दिन स्वामीजी के भक्तों ने उन्हें फलों का एक टोकरा अर्पित किया। स्वामीजी ने उसमें से कुछ अच्छे फल निकाले और उन्हें एक शिष्य से उस साधु को देने के लिए कहा। शिष्य फल लेकर उस साधु के पास पहुँचा। उसने स्वामीजी का नाम लिया ही था कि वह साधु चिल्ला उठा—"यह सवेरे-सवेरे किस पाखंडी का नाम ले लिया तुमने। अब तो आज मुझे भोजन मिलता है या नहीं, इसमें शंका ही है। जाओ, ये फल किसी और को देने के लिए कहे होंगे।"

वह शिष्य स्वामीजी के पास लौट आया और उनसे सारी बात बता दी। स्वामीजी उसे लौटाते हुए बोले, "जाओ, उनसे कहो कि आप उन पर प्रतिदिन जो अमृतवर्षा करते हैं, उसमें आपकी पर्याप्त शक्ति नष्ट होती है, इसलिए आप इन फलों का रसास्वादन करें, जिससे आपकी शक्ति बनी रहे।"

शिष्य ने स्वामीजी के संदेश को ज्यों का त्यों सुना दिया। सुनते ही उस साधु पर मानो घड़ों पानी पड़ गया। उसे बड़ा ही पश्चात्ताप हुआ और वह आकर स्वामीजी के चरणों पर गिरकर बोला, "क्षमा करें, मैं तो आपको साधारण मनुष्य समझता था, मगर आप देवता निकले।"

स्वामीजी ने उस साधु को उठाया और अपने गले लगा लिया।

□

सीखने का तरीका

हकीम लुकमान की ख्याति दूर-दूर तक थी। वे अपनी दवाओं के साथ-साथ अच्छी नसीहतों के लिए भी लोकप्रिय थे। वे जितने कुशल हकीम थे, उतने ही नेक दिल इनसान भी। लोग उनके पास मात्र अपनी शारीरिक बीमारियों का इलाज कराने ही नहीं, बल्कि मन की उलझनों व बौद्धिक जिज्ञासाओं का समाधान प्राप्त करने भी आते थे।

एक दिन एक व्यक्ति हकीम लुकमान के पास आया और थोड़ी देर की बातचीत के बाद उनसे प्रश्न किया—"हकीम साहब मैं जानना चाहता हूँ कि आपने इतनी शिष्टता और सभ्यता कहाँ से सीखी?"

हकीम साहब बोले, "अशिष्ट और असभ्य लोगों से।"

यह सुनकर उस व्यक्ति ने अचकचाकर पूछा, "यह कैसे संभव है, भला अशिष्ट व असभ्य लोग किसी को क्या सिखा सकते हैं?"

तब लुकमान बोले, "तुम गलत कह रहे हो। जरा सोचकर देखो। मुझे अशिष्ट और असभ्य लोगों की जो बातें बुरी लगीं, उन्हें मैंने तत्काल त्याग दिया। उनके जिस व्यवहार ने मुझे कष्ट पहुँचाया, उसे मैंने भी करना छोड़ दिया। मैंने यह सोचा कि जो बात मुझे अप्रिय लगी, वह औरों को भी अप्रिय लगेगी। इस प्रकार मैंने अशिष्ट लोगों से ही शिष्टता सीखी है।"

कुछ देर रुककर हकीम लुकमान ने फिर कहा, "एक बात जीवन में गाँठ बाँध लो, तुम ज्ञानी से अधिक अज्ञानी से सीख सकते हो, बशर्ते कि तुम्हें सीखने का तरीका मालूम हो। ज्ञानी तुम्हें वह सिखाएगा, जो होना चाहिए।"

वह व्यक्ति उनकी बात का मर्म समझ गया और उसने उसे एक सबक मानकर ग्रहण कर लिया।

□

रुकावट पर विजय

यह घटना इंडोनेशिया की है। एक परिवार में एक बच्चे ने स्कूल के लिए तैयार होने से मना कर दिया और कहा, "आज से मैं कभी स्कूल नहीं जाऊँगा।"

बच्चे की ऐसी बात सुनकर घरवाले हैरान हो गए। कुछ दिनों पहले ही उसका एक नए स्कूल में दाखिला कराया गया था। उसके पिता ने बड़े प्यार से स्कूल न जाने का कारण पूछा तो उसने कहा, "इस स्कूल में सभी बच्चे मेरा मजाक उड़ाते हैं।"

पिता ने कहा, "इसमें कौन सी नई बात है, कुछ समय बाद वे तुमसे घुल-मिल जाएँगे और तुम्हारे दोस्त बन जाएँगे।"

लेकिन लड़के ने अपने पिता की बात नहीं मानी और उसने किताबों को एक कोने में पटक दिया। पिता ने अपने एक मित्र को जब यह समस्या बताई तो वह मित्र उस लड़के को एक सोते के पास ले गए। उन्होंने एक बड़ा सा पत्थर सोते के बीच में फेंक दिया और कहा, "यह पत्थर पानी के बहाव में रुकावट डाल देगा।"

सोते में पत्थर पड़ते ही कुछ क्षणों के लिए पानी का बहाव रुक गया; लेकिन फिर थोड़ी ही देर में वह अपनी गति से बहने लगा। यह देखकर वह सज्जन लड़के से बोले, "बेटा, किसी भी प्रकार की रुकावट या बाधाओं से घबराना नहीं चाहिए। देखो, पानी भी रुकावट पर विजय पाकर पहले की तरह बह रहा है। फिर तुम तो एक मनुष्य हो। मनुष्य संसार में कितना कुछ कर सकता है।"

लड़के ने इस बात को बहुत गहराई से समझा और अगले ही दिन से स्कूल जाना शुरू कर दिया। कुछ ही दिनों में स्कूल के काफी लड़कों से उसकी मित्रता हो गई। वह लड़का आगे चलकर अपने देश के स्वतंत्रता संग्राम का नेता बना। उसके स्कूल के कई दोस्त इस संग्राम में इस लड़के के अनुयायी भी बने। इस लड़के का नाम था—सुकर्णो। इंडोनेशिया को आजाद कराने में इनका योगदान महत्त्वपूर्ण था। वे इंडोनेशिया के राष्ट्रपति बने और उन्होंने अपने मुल्क को एक विकसित राष्ट्र बनाया।

□

अस्पृश्य कौन?

भगवान् बुद्ध अपने शिष्यों सहित सभा में विराजमान थे। शिष्यगण उनकी स्थिरता देखकर चिंतित हुए कि कहीं वे अस्वस्थ तो नहीं हैं? तभी एक चिंतातुर शिष्य बोल उठा, "भगवन्, आप इस प्रकार मौन क्यों हैं, क्या हमसे कोई अपराध हुआ है?"

इतने में एक अधीर शिष्य ने पूछा, "भगवन्, क्या आप आज अस्वस्थ हैं?"

भगवान् बुद्ध फिर भी मौन रहे। तभी बाहर खड़ा कोई व्यक्ति क्रोधित होकर जोर से बोला, "आज मुझे सभा में बैठने की अनुमति क्यों नहीं प्रदान की गई?"

बुद्धदेव नेत्र बंद कर ध्यानस्थ हो गए। यह देख वह व्यक्ति पुनः चिल्ला उठा—"मुझे प्रवेश की अनुमति क्यों नहीं दी गई?"

एक उदार शिष्य ने उसका पक्ष लेते हुए कहा, "भगवान्, उसे सभा में आने की अनुमति प्रदान करें।"

बुद्धदेव ने नेत्र खोले और बोले, "अस्पृश्य?"

यह सुनकर शिष्यगण आश्चर्य में डूब गए। बुद्धदेव उनके मन का भाव समझ गए। बोले, "हाँ, वह अस्पृश्य है।"

तब कई शिष्य एकदम बोल उठे, "वह अस्पृश्य क्यों? आपके धर्म में तो जात-पाँत का कोई भेद नहीं, फिर वह अस्पृश्य कैसे?"

तब बुद्धदेव ने स्पष्टीकरण किया—"आज वह क्रोधित होकर आया है। क्रोध से जीवन की एकता भंग होती है। क्रोधी व्यक्ति मानसिक हिंसा करता है। किसी भी कारण से क्रोध करनेवाला अस्पृश्य होता है। उसे कुछ समय तक पृथक् एकांत में खड़े रहना चाहिए। पश्चात्ताप की अग्नि में तपकर वह समझ लेगा कि अहिंसा ही महान् कर्तव्य है—परम धर्म है।"

शिष्यगण समझ गए कि अस्पृश्यता क्या है, अस्पृश्य कौन है? उस व्यक्ति को भी पश्चात्ताप हुआ और उसने फिर कभी न क्रोधित होने की कसम खाई।

आज के जीवन में मानव को यह याद रखना चाहिए कि हमें हर किसी से समान व्यवहार करना चाहिए। किसी को छोटा-बड़ा नहीं मानना चाहिए।

□

किसान की मेहनत

एक बार सम्राट् नेपोलियन छुट्टी बिताने पेरिस से काफी दूर एक छोटे शहर में अपने एक मित्र के यहाँ आए। मित्र ने उन्हें वहाँ की कई रमणीय जगहें दिखाईं, लेकिन नेपोलियन को कोई जगह पसंद नहीं आ रही थी। उन्होंने कहा, ''मैं अपने देश की असली जिंदगी देखने के लिए निजी यात्रा पर यहाँ आया हूँ। आप मुझे वह जगह दिखाइए, जहाँ देश की आत्मा बसती है। मैं देखना चाहता हूँ कि हमारे देश के किसान और मजदूर किस हाल में हैं।''

नेपोलियन की बात सुनकर मित्र उन्हें लेकर शहर से बहुत दूर एक कस्बे में गया। वहाँ नेपोलियन ने देखा कि खेत में फसल लहलहा रही है। मजदूर खेत में काम कर रहे हैं। यह देख वे बहुत खुश हुए।

एक दिन वे एक सँकरी गली से गुजर रहे थे कि सामने से एक किसान सिर पर भारी बोझ लेकर आता दिखाई दिया। गली इतनी पतली थी कि किसान बगल से निकल नहीं सकता था और न ही मुड़ सकता था। वह पसोपेश में पड़कर खड़ा हो गया। उसे इस तरह खड़ा देख नेपोलियन के मित्र ने क्रोध से कहा, ''तुम्हें दिखाई नहीं देता? अंधा है क्या? जल्दी से वापस जाओ।''

किसान बोझ लेकर मुड़ ही रहा था कि उसका एक पैर किसी चीज में फँस गया और वह लड़खड़ाने लगा। वह बोझ सहित गिरने ही वाला था कि नेपोलियन ने दौड़कर उसे सहारा दिया और कहा, ''तुम्हें वापस लौटने की जरूरत नहीं है। तुम आराम से निकल जाओ।''

किसान को जगह देने के लिए नेपोलियन अपने मित्र के साथ पीछे लौट दूसरी गली में खड़े हो गए। किसान के जाने के बाद मित्र ने कहा, ''एक अदने किसान के लिए हमें अपना मार्ग नहीं छोड़ना चाहिए था। हमें देखकर लोग क्या सोचेंगे।''

नेपोलियन ने कहा, ''मित्र, किसान की मेहनत से ही देश तरक्की करता है। उन्हीं की मेहनत के कारण हम लोग भरपूर सुख भोगते हैं। उनका तिरस्कार देश की उपेक्षा के बराबर है।''

□

उदारता का पाठ

यह घटना उन दिनों की है, जब रूजवेल्ट अमेरिका के राष्ट्रपति थे। एक बार रूजवेल्ट किसी पारिवारिक समारोह में आमंत्रित थे। मेजबान अमेरिका के एक विशिष्ट व्यक्ति थे। निजी समारोह होने के कारण रूजवेल्ट अपनी पत्नी को भी साथ लाए थे। वहाँ पहुँचकर रूजवेल्ट गण्यमान्य लोगों के साथ बातचीत में व्यस्त हो गए और उनकी पत्नी विशिष्ट व्यक्तियों के लिए बनाए गए पंडाल में अपने शुभचिंतकों के साथ बैठ गईं। उस जगह पर कुछ खास लोग ही जा सकते थे।

तभी एक वृद्ध श्रीमती रूजवेल्ट के पास आए और बोले, "महोदया, मेरी पत्नी आपसे मिलना चाहती है, लेकिन यहाँ के सुरक्षा कर्मचारी उसे आने नहीं दे रहे। क्या आप उसे अपने पास बुलवा सकती हैं? इससे मुझे और मेरी पत्नी को बड़ी खुशी होगी।"

श्रीमती रूजवेल्ट अपने स्थान से उठीं और बोलीं, "ऐसा है तो वे उम्र में मुझसे काफी बड़ी हैं, साथ ही सम्माननीय नागरिक भी। बुजुर्ग नागरिकों को आदर देना सभी का कर्तव्य होना चाहिए। उन्हें नहीं, बल्कि मुझे उनके पास जाना चाहिए।"

यह कहकर श्रीमती रूजवेल्ट सुरक्षाकर्मियों की अनेदखी कर वृद्ध सज्जन के साथ उनकी पत्नी से मिलने चल पड़ीं। फिर वहाँ से वह उन्हें साथ लेकर आईं। वृद्ध ने उनके प्रति आभार प्रकट किया।

बाद में जिसे भी इस घटना की जानकारी मिली, उसने श्रीमती रूजवेल्ट के इस उदार भाव की खूब प्रशंसा की।

□

माँ का आदेश

बात उस समय की है, जब लॉर्ड कर्जन कोलकाता के गवर्नर थे और आशुतोष मुखर्जी हाई कोर्ट के सबसे सम्मानित और ईमानदार न्यायाधीश। लॉर्ड कर्जन मुखर्जी का बहुत सम्मान करते थे। उस समय किसी भारतीय अधिकारी को लंदन जाने का मौका मिलता था, तो उसकी प्रतिष्ठा बढ़ जाती थी। मुखर्जी भी लंदन जाना चाहते थे, लेकिन संकोची स्वभाव के कारण कभी यह इच्छा प्रकट नहीं करते थे। लेकिन दोस्तों के बार-बार कहने पर उन्होंने लंदन जाने का मन बनाया।

कर्जन को जब इसका पता चला तो उन्होंने पहल करते हुए एक दिन कहा, ''मिस्टर मुखर्जी, आपको खुशी होगी कि इस बार लंदन जानेवालों की लिस्ट में आपका नाम सबसे ऊपर होगा।''

मुखर्जी बोले, ''थैंक्यू सर!''

मुखर्जी जब शाम को घर लौटे तो उन्होंने यह बात अपनी माँ को बताई। पहले तो माँ चुप रहीं, फिर बोली, ''क्यों बेटा, मेरे पास रहने में तुम्हें दिक्कत हो रही है जो तुम मुझे छोड़कर जाना चाहते हो? कोई भी माँ अपने पुत्र को विदेश जाने की आज्ञा नहीं दे सकती। मैं भी नहीं दूँगी।''

माँ की बात सुनकर मुखर्जी ने लंदन जाने का इरादा छोड़ दिया। अगले दिन वे सीधे कर्जन के पास पहुँचे और उनसे कहा, ''सर, मैं लंदन नहीं जा सकता।''

कर्जन चौंककर बोले, ''आखिर क्यों? लंदन जाना तो भारतीय अपना गौरव समझते हैं।''

मुखर्जी ने कहा, ''आपका कहना ठीक है सर, लेकिन मेरी माँ की इच्छा नहीं है कि मैं लंदन जाऊँ।''

कर्जन बोले, ''क्या मेरी आज्ञा से बढ़कर आपकी माँ की इच्छा है। यह नहीं हो सकता। आपको जाना ही होगा। अपनी माँ से जाकर कहिए कि यह लॉर्ड का हुक्म है।''

मुखर्जी कर्जन के रवैये से तिलमिला गए। उन्होंने जेब से एक कागज निकाला

और उस पर कुछ लिखकर कर्जन को देते हुए कहा, "सर, यह रहा मेरा इस्तीफा।"

इस्तीफे में लिखा था, 'मैं माँ की आज्ञा को आपके आदेश से ऊँचा मानता हूँ, इसलिए मेरा इस्तीफा स्वीकार करें।'

कर्जन ने उनका इस्तीफा स्वीकार नहीं किया।

□

सेवा का पाठ

यह घटना उस समय की है, जब भारत पर अंग्रेजों का शासन था। कड़ाके की सर्दी पड़ रही थी। पश्चिम बंगाल के एक रेलवे स्टेशन पर भीषण ठंड से बचने के लिए अंग्रेज स्टेशन मास्टर ने अपने कमरे में अँगीठी जला रखी थी। कड़ाके की सर्दी में एक वृद्धा काँपती हुई अंदर आई और अँगीठी पर आग सेंकने लगी। तभी गोरा स्टेशन मास्टर वहाँ आया और वृद्धा को अँगीठी पर हाथ सेंकते देख आगबबूला हो उठा और चिल्लाते हुए बोला, ''ऐ बुढ़िया! भाग जा यहाँ से। यहाँ आने की तेरी हिम्मत कैसे हुई?''

बुढ़िया स्टेशन मास्टर की बात सुनकर बहुत डर गई। उसने काँपते हुए कहा, ''बेटा, ठंड से मेरा शरीर बर्फ की तरह जमता जा रहा है। अगर अँगीठी की थोड़ी-सी गरमी मुझे मिल जाएगी तो उसमें मेरा क्या चला जाएगा?''

बुढ़िया की बात सुनकर स्टेशन मास्टर और अकड़ गया तथा बड़बड़ाने लगा। यह सब सुनकर कुछ और लोग वहाँ चले आए। एक वृद्धा के प्रति स्टेशन मास्टर के इस रूखे व्यवहार से सभी बहुत दुःखी हो रहे थे। लेकिन किसी में इतनी हिम्मत नहीं थी, जो इस बात का विरोध करता।

उस समय प्रसिद्ध समाजसेवी दीनबंधु एंड्रयू भी वहाँ उपस्थित थे। उन्हें जब इस बात की जानकारी हुई तो वे उस अंग्रेज स्टेशन मास्टर के पास आकर बोले, ''तुम ईसा मसीह के कैसे अनुयायी हो? क्या तुमने बाइबिल में यह नहीं पढ़ा कि प्रभु उसी से प्रसन्न होते हैं, जिनके हृदय में दया भावना होती है। इस बेचारी वृद्धा ने सर्दी से बचने के लिए यदि अँगीठी पर अपने हाथ सेंक लिये तो कौन सा बड़ा अपराध कर दिया, जो तुम इतना क्रोधित हो रहे हो।''

यह कहकर उन्होंने अपनी गरम चादर वृद्धा को सौंपते हुए कहा, ''माताजी, लीजिए, यह चादर आपको ठंड से अवश्य बचाएगी।''

वृद्धा चादर ओढ़कर दीनबंधु को आशीष देने लगी। वहाँ खड़े सभी लोग दीनबंधु की प्रशंसा करने लगे। स्टेशन मास्टर बेहद शर्मिंदा हो गया। वह वहाँ से चुपचाप खिसक गया।

□

सेवा

पंजाब के राय साहब लालचंद एक नेक और ईमानदार समाज-सुधारक थे। एक बार उन्हें पता चला कि देहरादून के प्रसिद्ध कन्या गुरुकुल में छात्राओं के बौद्धिक विकास के लिए अनेक तरह के आयोजन किए जाते हैं। उन्होंने सोचा कि क्यों न वे अपना पुस्तकों का भंडार गुरुकुल को सौंप दें। इससे कन्याओं का भला होगा। उन्होंने गुरुकुल के प्रमुख को पुस्तकें ले जाने के संबंध में एक पत्र लिख दिया।

पत्र पढ़कर गुरुकुल के प्रमुख ने स्वयं राय साहब के पास जाने का निश्चय किया। राय साहब के घर पहुँचकर उन्होंने दो-तीन बार दरवाजा खटखटाया; लेकिन हर ओर सन्नाटा छाया हुआ था। उन्होंने दरवाजे को हाथ लगाया तो वह खुल गया। अंदर जाकर उन्होंने देखा कि एक वृद्ध बीमार व्यक्ति पलंग पर लेटा हुआ है और दूसरा वृद्ध सेवक उनके पैर दबा रहा है। गुरुकुल प्रमुख वृद्ध सेवक से बोले, ‘‘राय साहब सो रहे हैं क्या?’’

पैर दबानेवाला व्यक्ति बोला, ‘‘कहिए, क्या बात है?’’

गुरुकुल प्रमुख बोले, ‘‘राय साहब ने अपनी पुस्तकें गुरुकुल में दान करने के लिए हमें पत्र लिखा है। मैं गुरुकुल का प्रमुख हूँ।’’

प्रमुख का परिचय जानकर वृद्ध सेवक बोले, ‘‘आइए-आइए, मैं ही लालचंद हूँ।’’

वृद्ध सेवक से लगनेवाले व्यक्ति का परिचय जानकर गुरुकुल प्रमुख दंग रह गए। वह हैरानी से बोले, ‘‘जिनके आप पैर दबा रहे थे, वे कौन हैं?’’

राय साहब बोले, ‘‘वह मेरा सेवक है। बेचारा दो दिन से बीमार है।’’

यह सुनकर गुरुकुल के प्रमुख बुरी तरह चौंक गए और बोले, ‘‘अरे, तो आप अपने सेवक के पैर दबा रहे हैं!’’

राय साहब बोले, ‘‘तो क्या हुआ। वह पिछले 41 वर्षों से मेरे साथ है। आज वह अस्वस्थ है तो क्या एक दिन मैं उसकी सेवा नहीं कर सकता? सेवक हो या मालिक, लेकिन हम हैं तो मनुष्य ही। एक मनुष्य होने के नाते मैं बुरे वक्त में दूसरे मनुष्य को कैसे छोड़ दूँ?’’

यह सुनकर गुरुकुल प्रमुख उनके प्रति नतमस्तक हो गया।

□

साड़ी का मूल्य

संत तिरुवल्लुवर जाति से जुलाहा थे। एक दिन वे अतीव परिश्रम से तैयार की हुई साड़ी को लेकर बिक्री के लिए बाजार में बैठे ही थे कि एक युवक उनके पास आया। उसे तिरुवल्लुवर की साधुता पर शंका होती थी। उसने उनकी परीक्षा लेने के विचार से उस साड़ी का मूल्य पूछा।

संत ने विनीत वाणी में दो रुपए बताया। युवक ने उसे उठाकर दो टुकड़े किए और फिर उनका मूल्य पूछा। संत ने उसी निश्चल स्वर से एक-एक रुपया बताया। युवक ने फिर प्रत्येक के दो टुकड़े कर मूल्य पूछा और संत ने शांत स्वर में आठ-आठ आने बताया! युवक ने पुन: प्रत्येक के दो-दो टुकड़े कर मूल्य पूछा और संत ने धीरे, किंतु गंभीर स्वर में ही उत्तर दिया, चार-चार आने।

आखिर फाड़ते-फाड़ते जब वह साड़ी तार-तार हो गई, तो युवक उसका गोला बनाकर फेंकते हुए बोला, "अब इसमें रहा ही क्या है कि इसके पैसे दिए जाएँ।"

इस पर संत चुप ही रहे। तब युवक ने धन का अभिमान प्रदर्शित करते हुए उन्हें दो रुपए देते हुए कहा, "यह लो साड़ी का मूल्य।"

तिरुवल्लुवर बोले, "बेटा, जब तुमने साड़ी खरीदी ही नहीं, तो मैं दान भी कैसे लूँ?"

अब तो युवक उद्दंड पश्चात्ताप से दग्ध होने लगा। वह संत से क्षमा माँगने लगा। संत की आँखें डबडबा आईं। वे बोले, "तुम्हारे दो रुपए देने से तो इस क्षति की भरपाई नहीं होगी? उसको धुनने और सूत बुनने में कितने लोगों का समय और श्रम लगा होगा? जब साड़ी बुनी गई, तब मेरे कुटुंबियों ने कितनी कठिनाई उठाई होगी?"

यह सुनकर युवक की आँखों से पश्चात्ताप के आँसू निकल पड़े। वह बोला, "मगर आपने मुझे साड़ी फाड़ने से रोका क्यों नहीं?"

संत बोले, "रोक सकता था, मगर तब क्या तुम्हें शिक्षा देने का ऐसा अवसर मिल सकता था?"

□

राष्ट्रभक्त

अमेरिका के सुप्रसिद्ध राष्ट्रपति अब्राहम लिंकन ने रक्षामंत्री के पद पर एक उद्दंड व्यक्ति को पदासीन किया। इस व्यक्ति से राष्ट्रपति का पुराना बैर था। राष्ट्रपति से ईर्ष्या करता था और जगह-जगह उनकी बुराई करता था। राष्ट्रपति के कुछ शुभचिंतक उनके पास पहुँचे और बोले, "रक्षामंत्री के पद पर आपने जिस व्यक्ति को नियुक्त किया है, उसे क्या आप अच्छी तरह जानते हैं ?"

लिंकन ने जवाब दिया—"हाँ जानता हूँ, अच्छी तरह जानता हूँ।"

"समय-समय पर वह आपकी अवहेलना करता रहा है, यह भी आप जानते होंगे।"

"हाँ, जानता हूँ।"

"अनेक बार उसने आपका अपमान किया है, यह भी आपको मालूम होगा ?"

"वह भी मुझे मालूम है।" लिंकन ने हँसते हुए कहा।

"इतना सबकुछ मालूम होते हुए भी आपने उस व्यक्ति को इतने महत्त्वपूर्ण पद पर कैसे बैठा दिया ?"

"तो क्या हुआ ? महत्त्वपूर्ण पद पर ही तो बैठाया है, गलत स्थान पर तो नहीं बैठाया।"

"लेकिन आप यह क्यों नहीं समझते…"

लिंकन ने बात बीच में काटते हुए कहा, "मैं कुछ समझूँ, उससे पहले आप क्यों नहीं समझते हैं कि वह एक योग्य व्यवस्थापक, संचालक और अपने क्षेत्र में कुशल तथा कर्मठ कार्यकर्ता भी है। वह भले ही अब्राहम लिंकन का अपमान कर सकता है, मगर उसके गुण और उसकी योग्यता राष्ट्र के लिए हितकारी एवं कल्याणकारी है। व्यक्तिगत द्वेषभाव के आधार पर मैं एक कार्य-कुशल व्यक्ति को राष्ट्र से अलग कैसे कर दूँ ? राष्ट्र को उसकी सेवाओं से वंचित कैसे कर दूँ ? मुझे लिंकनभक्त नहीं, राष्ट्रभक्त चाहिए और मुझे विश्वास है कि वह राष्ट्रभक्त है।"

यह सुनकर लिंकन के मित्रगण चुपचाप चले गए।

□

दृढ इच्छाशक्ति

भूदान-आंदोलन के प्रणेता विनोबा भावे के पास एक मदिरा प्रेमी युवक आया और हाथ जोड़कर प्रार्थना करने लगा—"महाराज, मैं बड़ा परेशान हूँ। यह मदिरा मेरा पीछा ही नहीं छोड़ती। आप कोई उपाय बताइए, जिससे मुझे पीने की इस लत से छुटकारा मिल सके।"

उस युवक की बात सुनकर विनोबाजी ने कुछ देर तक सोचा और फिर बोले, "ठीक है बेटा, तुम कल मेरे पास आना। लेकिन मुझे बाहर से ही आवाज देकर बुलाना, मैं आ जाऊँगा।"

युवक खुशी-खुशी अपने घर चला गया। अगले दिन वह पुनः आया और विनोबाजी के कहे अनुसार उसने बाहर से ही उन्हें आवाज लगाई। आवाज सुनकर विनोबाजी बोले, "बेटा, मैं बाहर नहीं आ सकता।"

युवक ने बाहर से ही पूछा, "गुरुजी, ऐसा क्या हो गया कि आप बाहर नहीं आ सकते?"

विनोबाजी बोले, "बेटा, यह खंभा मुझे पकड़े हुए है, मैं बाहर कैसे आऊँ?"

यह विचित्र बात सुनकर उस युवक ने भीतर झाँका तो देखा कि विनोबाजी स्वयं ही उस खंभे को पकड़े हुए हैं। उसने कहा, "महात्मन्, खंभे को तो आप स्वयं पकड़े हुए हैं। जब आप इसे छोड़ेंगे, तभी तो खंभे से अलग होंगे न।"

युवक की बात सुनकर विनोबाजी बोले, "बेटा, यही तो मैं तुम्हें समझाना चाहता था कि मदिरा तो छूट सकती है, लेकिन तुम ही उसे छोड़ना नहीं चाहते। जब तुम मदिरा छोड़ दोगे तो मदिरा भी तुम्हें छोड़ देगी।"

उस दिन के बाद से उस व्यक्ति ने मदिरा को हाथ भी नहीं लगाया। वस्तुतः दृढ इच्छाशक्ति से बुरी आदतों को त्यागा जा सकता है। यदि व्यक्ति स्वयं अपनी अनुचित प्रवृत्तियों से मुक्ति पाना चाहे और इसके लिए मन मजबूत कर संकल्पित हो जाए तो दुनिया की कोई भी ताकत उसे सद्मार्गगामी बनने से नहीं रोक सकती।

□

न्याय की अद्भुत मिसाल

पं. मदन मोहन मालवीयजी जब काशी हिंदू विश्वविद्यालय के कार्यों में अधिक व्यस्त रहने लगे तो उन्होंने आगे वकालत करने का विचार त्याग दिया, लेकिन उनके वकालत छोड़नध्धे के ठीक दस वर्ष बाद एक वीभत्स घटना घटित हुई 'चौरी चौरा' की घटना।

पुलिस ने 'चौरी चौरा' कांड में सैकड़ों व्यक्तियों को फाँसा गया था और सेशन कोर्ट ने उनमें से बहुत से अभियुक्तों को फाँसी की सजा दी थी तथा इन दुःखी व्यक्तियों की ओर से कोई भी वकील पैरवी करने को तैयार न था। ऐसी स्थिति में सजा पाए अभियुक्तों के परिवार के लोग मालवीयजी के पास पहुँचे। उदारमना मालवीयजी ने परिस्थिति की नाजुकता को समझा और पैरवी के लिए तैयार हो गए।

अगले दिन मुकदमे की तारीख पर हाईकोर्ट पहुँच गए। वकालत के पेशे को त्याग चुके मालवीयजी को अदालती पोशाक में देख सभी दंग रह गए। महामना ने अभियुक्तों की ओर से कई घंटों तक डटकर बहस की। पैरवी को समाप्त करते हुए उन्होंने न्यायमूर्ति को लक्ष्य करते कहा, ''आप न्याय करें, पर दया और मानवता का त्याग न करें। न ही न्याय प्रतिहिंसात्मक और प्रतिशोधात्मक ही हो।''

जैसे ही मालवीयजी की जिरह समाप्त हुई, अंग्रेज जज उठे और सभी अभियुक्तों को निर्दोष करार देते हुए और मुक्त करते हुए कहा, ''आप सभी महामना के कृतज्ञ हो, उनसे बढ़कर कोई दूसरा वकील ऐसी करुणाप्लावित पैरवी नहीं कर सकता था। उन्होंने न केवल पैरवी की अपितु पैरवी का एक ऐसा उत्कृष्ट उदाहरण प्रस्तुत किया है कि न्याय स्वयं ही विवश हो गया।''

यह थी पं. मदन मोहन मालवीयजी की पैरवी की अद्भुत क्षमता और वाक्पटुता, जिससे अंग्रेज जज भी उनकी पैरवी व जिरह के कायल हो गए थे। उनकी वह अद्भुत वाग्मिता आज भी न्याय के क्षेत्र में प्रेरणास्पद बनी हुई है।

□

रोमेल की सूझबूझ

सूझबूझ से असंभव भी संभव हो जाता है। जरूरत होती है तत्काल विवेक की। दुनिया में ऐसी तमाम घटनाएँ घटी हैं, जब विवेक से काम लेने के बाद हारी बाजी भी जीत ली गई। ऐसी ही एक घटना जर्मनी की है। जर्मनी का सेनापति रोमेल अपने समय का अद्वितीय योद्धा और बुद्धिमान व्यक्ति था।

एक बार की बात है। रेगिस्तान में उसकी सेना के पास युद्ध-सामग्री खर्च हो गई। उसका समाचार सैनिकों ने उसको दिया और बताया—"महाराज, सामने से अंग्रेजी सेना युद्ध के लिए बढ़ती आ रही है।"

रोमेल ने कहा, "घबराने की कोई बात नहीं है। तुम्हारे पास कितने गोले और बारूद हैं?"

सैनिकों ने कहा, "महाराज, केवल तोपें ही बची हैं। गोला तो एक भी नहीं है।"

रोमेल सैनिकों का हौसला बढ़ाते हुए बोला—"गोले नहीं तो क्या हुआ। इस रेगिस्तान में रेत तो है। उसका गोले के रूप में इस्तेमाल करो।"

फिर क्या था, सैनिक तोपों में बालू भरकर बालू के टीलों पर दनादन दागने लगे। युद्ध की जो भी सामग्री थी, उसे भी इस तरह बिखेरने लगे कि चारों तरफ भयंकर गड़गड़ाहट की आवाज होने लगी। सारा आकाश धूल के कणों से भर गया।

यह देखकर अंग्रेजी सेना ने सोचा, हो न हो, जर्मनी की विशाल सेना लड़ने के लिए दौड़ी चली आ रही है। हम तो इतनी बड़ी सेना से युद्ध जीत ही नहीं सकते। अंग्रेजी सेना के हौसले पस्त होने लगे। जिस सेना के पास तोपों और गोलों का अकूत भंडार था, वह रोमेल की सूझबूझ के आगे बिना युद्ध किए ही हार मानकर पीछे लौट गई।

रोमेल की सूझबूझ से अंग्रेजों को जर्मनी की निहत्थी सेना के सामने घुटने टेकने पड़े।

□

समाजसेवा

स्वामी केशवानंद सच्चे समाजसेवी थे। समाज के हित में उनसे यथाशक्ति, जो भी बन पड़ता, वे करते थे। इस कार्य में आनेवाली परेशानियों का सामना भी वे उत्साह से करते और इनसे घबराकर कभी पीछे नहीं हटते थे। समाज-कल्याण के कार्यों के अतिरिक्त शिक्षा-प्रचार का कार्य स्वामी केशवानंद को अतिप्रिय था। वे मानते थे कि भारत के पिछड़ा राष्ट्र होने के लिए अशिक्षा सर्वाधिक जिम्मेदार कारण है और यदि इसे दूर कर लिया जाए तो भारत की उन्नति शीघ्र होगी। अत: स्वामी केशवानंद शिक्षा प्रचार में बहुत सक्रिय रहते थे।

एक दिन इसी कार्य के सिलसिले में उन्हें कहीं जाना था और गाड़ी छूटने में समय कम रह गया था। वे दिनभर के भूखे थे। उन्होंने तत्काल दो-तीन सूखी व ठंडी रोटियाँ निकालीं। दाल खरीदी और जल्दी-जल्दी चबाकर खाने लगे।

उनके एक सहयोगी ने इस पर आपत्ति की तो वे बोले, ''मुझे कई जगह जाना है भाई। फिर रात की गाड़ी पकड़नी है, इसलिए मैंने ये रोटियाँ मँगवाकर रख ली थीं।''

सहयोगी ने कहा, ''इस उम्र में आपको ठंडा व बासी भोजन नहीं करना चाहिए। कुछ नहीं तो सूखे मेवे, फल व मक्खन ही ले लिया करें।''

यह सुनकर स्वामीजी मुसकराकर बोले, ''बात तो ठीक है, किंतु यदि इन्हीं बातों की चिंता मुझे करनी होती तो संन्यासी बनकर समाजसेवा करने का व्रत ही क्यों लेता!''

सच्चा समाजसेवक मात्र अपने लक्ष्य को दृष्टि में रखता है, मार्ग की बाधाओं को नहीं। समाजसेवा का व्रत लेनेवाला व्यक्ति रुकावटों की चिंता नहीं करता।

□

समान बल

जेन गुरु लाओत्जे ने एक बार मछली पकड़ना सीखने की सोची। उन्होंने मछली पकड़ने की एक छड़ी बनाई। उसमें डोरी और हुक लगाया। फिर वे उसमें चारा बाँधकर नदी के किनारे मछली पकड़ने बैठ गए।

कुछ समय बाद एक बड़ी मछली हुक में फँस गई। लाओत्जे इतने उत्साह में थे कि उन्होंने छड़ी को पूरी ताकत लगाकर खींचा। मछली ने भी भागने के लिए पूरी ताकत लगाई। नतीजा यह हुआ कि छड़ी टूट गई और मछली भाग गई।

लाओत्जे ने दूसरी छड़ी बनाई और दोबारा मछली पकड़ने के लिए नदी किनारे गए। कुछ समय बाद एक दूसरी बड़ी मछली हुक में फँस गई। लाओत्जे ने इस बार इतनी धीरे-धीरे छड़ी खींची कि वह मछली उनके हाथ से छड़ी छुड़ाकर भाग गई।

लाओत्जे ने तीसरी बार छड़ी बनाई और नदी किनारे आ गए। तीसरी मछली ने चारे में मुँह मारा। इस बार उन्होंने इतनी ही ताकत से छड़ी को ऊपर खींचा, जितनी ताकत से मछली छड़ी को नीचे खींच रही थी। इस बार न छड़ी टूटी, न मछली हाथ से गई। मछली जब छड़ी को खींचते-खींचते थक गई, तब लाओत्जे ने आसानी से उसे पानी के बाहर खींच लिया।

उस दिन शाम को लाओत्जे ने अपने शिष्यों से कहा, ''आज मैंने संसार के साथ व्यवहार करने के सिद्धांत का पता लगा लिया है। यह समान बल प्रयोग करने का सिद्धांत है। जब यह संसार तुम्हें किसी ओर खींच रहा हो, तब तुम समान बल प्रयोग करते हुए दूसरी ओर जाओ। अगर तुम प्रचंड बल का प्रयोग करोगे, तो नष्ट हो जाओगे और अगर तुम कम बल का प्रयोग करोगे, तो यह संसार तुम को नष्ट कर देगा।''

□

समय की कीमत

एक बार गुरु गोविंद सिंह के पास एक सीधा-सादा जाट आया और उसने उनसे नौकरी देने की विनती की। उन्होंने उसे घोड़ों की सेवा में रख लिया। गुरुजी ने उसका नाम पूछा तो उसने 'वेला' बताया। गुरु गोविंद सिंह ने आगे पूछा, "क्या तुम्हें कुछ लिखना-पढ़ना आता है?"

बेला ने जवाब दिया—"जी नहीं।"

तब गुरुजी बोले, "अच्छा, हम तुम्हें पढ़ाएँगे। आज से तुम इस वाक्य को रोज दोहराया करो—'वाह भाई वेला, न पहचाने वक्त न पहचाने वेला'।"

वह बेचारा गुरुदेव के दिए इस मंत्र को रटने लगा। जब दूसरे शिष्य ने उसे यह वाक्य रटते देखा तो उसने गुरुजी से पूछा, "आपने यह कैसा वाक्य रटने के लिए दे दिया है, गुरुजी!"

गुरुजी बोले, "जिसने वेला यानी वक्त को नहीं जाना, उसने संसार को भी नहीं जाना। वह जब अपने नाम की सार्थकता को समझ जाएगा, उसका बेड़ा पार हो जाएगा।"

वेला अपने में मगन रहा और उसके साथी अपने तरीके से जीते रहे। एक दिन दूसरे शिष्यों ने गुरुजी से शिकायत की—"गुरुदेव, क्षमा करें। हम लोग आपकी निस्स्वार्थ सेवा करते हैं, लेकिन आप उपदेश 'वेला' को ही देते हैं।"

गुरुजी ने उनके इस सवाल का कोई जवाब नहीं दिया, मगर वे बोले, "तुम लोग एक घड़ा भाँग तैयार करो और उसके खत्म होने तक उसका कुल्ला करते रहो। फिर मेरे पास आना।"

भाँग खत्म हो जाने पर उन्होंने शिष्यों से पूछा, "नशा चढ़ा कि नहीं?"

सभी की ओर से जवाब मिला—"नहीं।"

तब गुरुजी ने वेला को बुलाया। सब शिष्यों ने देखा कि उसे नशा सा चढ़ा हुआ है और वह एक ही रट लगाए जा रहा था—"वाह भाई वेला···वाह भाई वेला···।"

यह सुनकर गुरुजी बोले, "वेला को भंग के नशे के साथ अपने नाम का भी

नशा चढ़ गया है। उसने इन दोनों चीजों को हृदय से ग्रहण किया है। भगवान् के प्रति इसी तरह का प्रेम काम आता है। जब तक दिल से लगन नहीं होगी, न ईश्वर मिलेगा और न तुम्हें इस संसार से मुक्ति ही मिलेगी।''

□

ब्रह्मज्ञानी के दर्शन

महान् दार्शनिक कन्फ्यूशियस के शिष्य रोज-रोज यह आग्रह करते थे कि किसी ब्रह्मज्ञानी के दर्शन कराइए। रोज वे टाल जाते, पर एक दिन तैयार हो गए। शिष्यों को लेकर वे एक गुफा में पहुँचे, जहाँ एक साधु भजन कर रहे थे। उन लोगों ने ब्रह्मज्ञान की कुछ बातें बताने का आग्रह किया। साधु बहुत नाराज हुआ, क्रोध से बोला, ''भाग जाओ धूर्तो! व्यर्थ परेशान मत करो। मुझे भजन करने दो।''

वे सब उल्टे पैर लौट आए। दूसरे दिन वे सब एक साहु के पास पहुँचे। जिसके पास तेल पेरने की घानी थी। कन्फ्यूशियस के शिष्यों ने उससे पूछा, ''क्या आप ब्रह्मज्ञान के बारे में कुछ बता सकते हैं। कृपया हमें कुछ बताइए।''

साहु बोला, ''यह बैल ही मेरा ब्रह्म है। हम दोनों ही एक-दूसरे से खुश हैं।''

उससे आगे कन्फ्यूशियस अपनी शिष्य-मंडली को लेकर एक बुढ़िया के पास पहुँचे। बुढ़िया सूत कात रही थी। साथ ही पास में खेल रहे बच्चों को भी समझाती जाती थी। वह उन्हें कभी हँसाती और कभी डाँटने लगती थी। फिर भी वह चरखा कातने में मगन नजर आ रही थी।

उन्होंने बुढ़िया से भी वही सवाल किया। उसने जवाब दिया—''देखते नहीं, मेरे चारों तरफ ब्रह्म-ही-ब्रह्म है, जो मेरे साथ खेल रहे हैं। वह मुझसे लिपटा हुआ है और मैं उससे।''

इसके बाद कन्फ्यूशियस शिष्य-मंडली के साथ आश्रम वापस आ गए। तब उन्होंने शिष्यों को समझाया—''सदैव प्रसन्न रहना और फिर सबके साथ तालमेल बिठाकर काम करना—यही है ब्रह्म और यही है उसकी उपासना।''

□

नारंगी की फाँकें

एक बार ईश्वरचंद्र विद्यासागर के एक मित्र उनसे मिलने आए। उस समय विद्यासागर नारंगी खा रहे थे। कुशलक्षेम पूछने के बाद ईश्वरचंद्र ने अपने मित्र से भी नारंगी खाने का आग्रह किया। विद्यासागर नारंगी छीलकर उसकी फाँकें चूस-चूसकर अपने पास रख लेते थे, मगर उनके मित्र नारंगी की फाँकें फेंकने लगे। यह देखकर विद्यासागर ने कहा, ''भाई इन्हें फेंको मत। ये किसी के काम आ जाएँगी।''

यह सुनकर मित्र हैरत में पड़ गए। उन्होंने पूछा, ''अब ये किसके काम आएँगी। ये तो बेकार हो चुकी हैं।''

विद्यासागर ने हँसकर कहा, ''यदि आप जानना चाहते हैं कि ये फाँकें किसके काम आएँगी तो इन्हें आप बाहर चबूतरे पर रख दें, फिर देखें ये बेकार की हैं या काम की।''

मित्र ने वैसा ही किया। जैसे ही वे चूसी हुई फाँकें रखकर वहाँ से हटे, वैसे ही कौओं का झुंड उन्हें लेने आ गया। देखते-ही-देखते सारी फाँकें लेकर कौवे चले गए।

तब विद्यासागर मित्र से बोले, ''देख लिया न कि ये बेकार की फाँकें कितने काम की हैं। कोई भी वस्तु बेकार नहीं है। हम जिसे बेकार समझकर फेंक देते हैं, वह भी किसी-न-किसी प्राणी के काम आती है। अगर हमारे मन में प्राणिमात्र के प्रति थोड़ी भी करुणा है तो हमें उनके लिए सोचना चाहिए। यदि हमारे भीतर इस प्रवृत्ति का विकास हो सका तो हम देश में अनाज या दूसरी वस्तुओं की बरबादी को आसानी से रोक सकते हैं।''

यह सुनकर विद्यासागर के मित्र झेंप गए और बोले, ''छोटी-छोटी बातों के पीछे भी बड़ी बात छुपी होती है। लेकिन प्राय: लोग इसे समझ नहीं पाते। भविष्य में मैं आपकी इस सीख को याद रखूँगा।''

विद्यासागर बोले, ''आप इसे अपने तक ही सीमित न रखें। अगर अपने साथियों को भी इसकी प्रेरणा देंगे तो देश का कोई भी प्राणी भूखा नहीं सोएगा।''

□

शब्दों की जीत

विख्यात लेखक अर्नेस्ट हेमिंग्वे को अपने घर के वातावरण से बहुत कुछ सीखने को मिला। बचपन से ही उनसे कहा गया था कि जीवन में हमेशा अच्छे शब्दों का ही प्रयोग करना चाहिए। अच्छे व सकारात्मक शब्द असफलता के दौर में भी प्रेरक बनकर सही राह दिखाते हैं। किसी से लड़ाई-झगड़ा हो जाने पर भी अनुचित भाषा व शब्दों का प्रयोग व्यक्ति की गरिमा के खिलाफ है।

बचपन में जब भी उनके मुँह से कोई गलत शब्द निकल जाता तो उन्हें साबुन से कुल्ला करके मुँह धोना पड़ता था। दरअसल घर के बड़े-बुजुर्गों ने ऐसा नियम बना दिया था। यही नहीं, अपशब्दों की एक सूची भी बनाई जाती थी। इस तरह हिसाब रखा जाता था कि किसने कितने गलत शब्द कहे।

धीरे-धीरे अर्नेस्ट के गलत व अनुचित शब्दों की संख्या बढ़ती जाती थी और उन्हें हर बार साबुन से कुल्ला करना पड़ता था। यह बड़ा ही कटु अनुभव था। बार-बार साबुन से कुल्ला करने के कारण उनकी हालत खराब होती जा रही थी। आखिर उन्होंने निश्चय किया कि साबुन और शब्दों की लड़ाई में जीत शब्दों की होनी चाहिए, साबुन की नहीं।

ऐसा करते-करते वे शब्दों के महारथी बन गए और उनकी लेखन पर पकड़ मजबूत होती गई। बाद में उन्होंने अपने इसी अनुभव पर एक लेख लिखा—'इन डिफेंस ऑफ डर्टी वर्ड्स।' उनका वह लेख काफी सराहा गया। अनेक लोगों ने उनके लेख को पढ़कर अपने व्यक्तित्व में और बोलने की भाषा में सुधार किया। इस प्रकार घर के स्वच्छ वातावरण ने अर्नेस्ट हेमिंग्वे को एक महान् लेखक बनाकर पूरे विश्व के सामने प्रस्तुत किया।

□

अतीत को याद रखो

राजर्षि पुरुषोत्तमदास टंडन की वेशभूषा बहुत सादी थी। मामूली दरजी जैसा कुरता सिल सकता है, वैसा कुरता वे पहनते थे। धोती भी खादी की होती थी। जैसी पोशाक, वैसा ही सादा उनका जीवन भी था। उन्होंने किसी पद की लालसा नहीं की। उन्हें कांग्रेस का अध्यक्ष पद हासिल हुआ, लेकिन उसे भी उन्होंने त्याग दिया। उसके बाद उन्हें उड़ीसा का राज्यपाल बनने का प्रस्ताव मिला, लेकिन उसे भी उन्होंने ठुकरा दिया। देश में जब पदों के लिए होड़ मची थी और इसके चलते राष्ट्रीय संस्थाएँ कमजोर पड़ने लगी थीं, उस दौर में राजर्षि टंडन का जीवन सबके लिए मिसाल बन गया था। इसकी क्या वजह थी? उनका जीवन-दर्शन क्या था, इसकी बानगी 1950 में कांग्रेस के नासिक अधिवेशन में उनके विदाई-भाषण से मिलती है।

टंडनजी ने अपने भाषण में कहा—एक राजा भटककर घने जंगल में पहुँच गया। वहाँ भयानक जानवरों से उसकी रक्षा करने और सकुशल घर पहुँचाने का काम एक गड़रिए ने किया। राजा उस गड़रिए की बहादुरी, अक्लमंदी और हाजिरजवाबी से बहुत प्रभावित हुआ। उसने उसे अपना दीवान बना लिया। इतना बड़ा पद पाकर भी गड़रिया अपने अतीत को नहीं भूला। वह रोज सुबह एक कोठरी में जाता, वहाँ रखे अपने पुराने कपड़े देखता और उसके बाद ही दूसरे कामों में लगता। उससे ईर्ष्या करनेवाले दरबारियों ने राजा से शिकायत की—दीवान ने लूट मचा रखी है, लूट का माल वह एक कोठरी में रखता है। राजा ने दीवान को बुलाकर पूछताछ की। दीवान उसे कोठरी में ले गया; अपने कपड़े पहने और बाँसुरी हाथ में लेकर बोला, ''महाराज, आपका दीवान बनकर अपना अतीत न भूलूँ, इसलिए रोज नसीहत लेता था। अब मैं चला।'' इतना कहकर वह जंगल में चला गया।

यह कहानी सुनाकर टंडनजी ने कहा, ''जैसे उस दीवान ने अपनी गरीबी से सीख ली थी, वैसे ही हम सबको लेनी चाहिए। मैं चाहता हूँ कि मेरा देश और देशवासी आजादी की लड़ाई में अपनी कुरबानी को कभी न भूलें।''

□

मील के पत्थर

महान् शिक्षाविद् और समाज-सुधारक ईश्वरचंद्र विद्यासागर का जन्म एक निर्धन परिवार में हुआ था। कोलकाता के पास के अपने गाँव की पाठशाला में उनकी आरंभिक पढ़ाई हुई। उनके पिता दो रुपए मासिक पर एक सेठ के यहाँ नौकरी करते थे। उन्होंने ईश्वरचंद्र की पढ़ाई के लिए सेठ से मदद माँगी। उन्होंने कहा कि उनका बेटा बहुत होनहार है। अगर वे उसकी आगे की पढ़ाई के लिए सहायता उपलब्ध कराएँ तो उसका भविष्य बन जाएगा।

सेठ ने मदद का आश्वासन दिया। ईश्वरचंद्र के पिता उन्हें कोलकाता ले जाने के लिए आए। दोनों पैदल ही चल पड़े। पिता जानते थे कि इतनी दूरी तय करने में बच्चे को थकान होगी, इसलिए उन्होंने ईश्वरचंद्र को बातों में बहलाए रखा। उन्होंने उससे शिक्षा की उपयोगिता के बारे में बातचीत शुरू कर दी। साथ ही वे रास्ते में लगे मील के पत्थरों को दिखाकर उत्साहिक करते हुए कहते—"हम इतनी दूर आ गए हैं, अब मंजिल कुछ ही दूर है।"

ईश्वरचंद्र ध्यान से मील के पत्थरों पर लिखे अंग्रेजी के अंक देखते और उन्हें याद करते चलते। जब वे सेठ के घर पहुँचे तो सेठ ने उनसे पूछा, "तुम्हारी बातों से लगता है, तुम्हें अंग्रेजी आती है। जब गाँव की पाठशाला में अंग्रेजी पढ़ाई ही नहीं जाती, तब तुमने ऐसा कैसे कर लिया?"

ईश्वरचंद्र बोले, "मैंने रास्ते में ही अंग्रेजी सीखी है, मील के पत्थरों को देखकर।"

सेठ उनकी प्रतिभा से बहुत प्रभावित हुआ। उसके बाद ईश्वरचंद्र ने मेहनत से अध्ययन करना शुरू कर दिया। मेहनत और लगन से वे अपने विद्यालय के सर्वोत्तम छात्र बन गए। केवल बीस की उम्र में उन्हें 'विद्यासागर' की उपाधि से अलंकृत किया गया।

□

धर्म की पराकाष्ठा

बाल गंगाधर तिलक भारत के स्वतंत्रता संग्राम के अग्रणी नेता थे, पर साथ-ही-साथ वे अद्वितीय कीर्तनकार, चिंतन, गणितज्ञ, धर्म-प्रवर्तक और दार्शनिक भी थे। हिंदुस्तान में राजकीय असंतोष मचानेवाले इस महापुरुष को अंग्रेज सरकार ने मांडले के कारागृह में छह साल के लिए भेज दिया। यहाँ से उनके तत्त्व-चिंतन का प्रारंभ हुआ। दुःख और यातना सहते-सहते शरीर को व्याधियों ने घेर लिया था। ऐसे में ही उन्हें अपनी पत्नी की मृत्यु की खबर मिली।

खबर सुनते ही उन्होंने अपने घर एक खत लिखा—"आपका तार मिला। मन को धक्का तो जरूर लगा है। हमेशा आए हुए संकटों का सामना मैंने धैर्य के साथ किया है, लेकिन इस खबर से मैं थोड़ा उदास जरूर हो गया हूँ। हम हिंदू लोग मानते हैं कि पति से पहले पत्नी को मृत्यु आती है, तो वह भाग्यवान है, उसके साथ भी ऐसा ही हुआ है। उसकी मृत्यु के समय में मैं वहाँ उसके करीब नहीं था, इसका मुझे बहुत अफसोस है। मैं अपने दुःख भरे विचार सुनाकर आप सबको और दुःखी करना नहीं चाहता। मेरी गैर-मौजूदगी में बच्चों को ज्यादा दुःख होना स्वाभाविक है। उन्हें मेरा संदेशा पहुँचा दीजिए कि जो होना था, वह हो चुका है। इस दुःख से अपनी और किसी की हानि न होने दें। मेरे माता-पिता के देहांत के समय मैं उनसे भी कम उम्र का था। संकटों की वजह से ही स्वावलंबन सीखने में सहायता मिलती है। दुःख करने में समय का दुरुपयोग होता है। जो हुआ है, उस परिस्थिति का धीरज से सामना करें।"

जीवन भर उन्होंने कर्मयोग का चिंतन किया था; वह ऐसे ही तो नहीं! गीता जैसे तात्त्विक और अलौकिक ग्रंथ पर आधारित 'गीता रहस्य' उन्होंने इसी मांडले के कारागृह में लिखा था।

□

पांडित्य का गौरव

कलकत्ता विश्वविद्यालय के उपकुलपति का एक पत्र पाकर पंडित मदन मोहन मालवीय असमंजस में पड़ गए। वे बुदबुदाए—'अजीब प्रस्ताव रखा है यह तो उन्होंने। क्या कहूँ, क्या लिखूँ?'

पास बैठे एक सज्जन ने पूछा, "ऐसी क्या अजीब बातें लिखी हैं पंडितजी उन्होंने?"

मालवीयजी मुसकराकर बोले, "कलकत्ता विश्वविद्यालय के उपकुलपति महोदय मेरी सनातन उपाधि छीनकर एक नई उपाधि देना चाहते हैं।"

यह कहकर वे पत्र पढ़ने लगे। वह लिखते हैं— "कलकत्ता यूनिवर्सिटी आपको डॉक्टरेट की उपाधि से अलंकृत करके अपने आपको गौरवान्वित करना चाहती है। हम भी गौरवान्वित हो सकेंगे। आप स्वीकृति से शीघ्र ही सूचित करने की कृपा कीजिए।"

पत्र सुनकर दूसरे सज्जन बोले, "पंडितजी, प्रस्ताव तो उचित ही है।"

"अरे, बहुत ही भोले हो भैये तुम तो। वाराणसी के गौरव में वृद्धि नहीं होगी। यह तो वाराणसी के पांडित्य को जलील करने का प्रस्ताव है।" मालवीयजी बोले।

अगले ही क्षण उन्होंने उस पत्र का उत्तर लिखा—"मान्य महोदय! आपके प्रस्ताव के लिए धन्यवाद। मुझको आपका यह उपाधि वितरण प्रस्ताव अर्थहीन लग रहा है। मैं जन्म और कर्म दोनों से ही ब्राह्मण हूँ। कोई भी ब्राह्मण धर्म की मर्यादाओं के अनुरूप जीवन बिताता है। पंडित से बढ़कर अन्य कोई भी उपाधि नहीं हो सकती। मैं डॉ. मदन मोहन मालवीय कहलाने की अपेक्षा पंडित मदन मोहन मालवीय कहलाना अधिक पसंद करूँगा।"

पंडितजी न तो डॉक्टर बने, न सर हुए, इस सबसे दूर स्वाभिमान के साथ जीवन भर पांडित्व का गौरव बढ़ाते रहे।

□

पुण्य के भागी

यह उस समय की बात है, जब कोलकाता में प्लेग के कारण त्राहि-त्राहि मची हुई थी। शायद ही कोई ऐसा घर बचा था, जिसमें इस रोग का प्रकोप न हुआ हो। रोग से प्रभावित घरों के सभी सदस्य हैरान-परेशान मरीज की तीमारदारी में जुटे हुए थे और स्वयं को उससे बचाने के लिए भी प्रयासरत थे।

ऐसे में स्वामी विवेकानंद और उनके कई शिष्यों ने मोर्चा सँभाला। वे दिन-रात रोगियों की सेवा करते और गली तथा बाजार की सफाई करते। इसके अलावा वे बीमार लोगों को दवा उपलब्ध कराते और उनके परिजनों को सांत्वना भी देते।

तभी शहर के पंडितों की एक मंडली स्वामीजी के पास आई और उनसे कहा, ''स्वामीजी, आप यह ठीक नहीं कर रहे हैं। इस धरती पर पाप बहुत बढ़ गया है, इसलिए इस महामारी के रूप में भगवान् लोगों को दंड दे रहे हैं। आप लोगों को बचाने का यत्न कर रहे हैं। ऐसा करके आप ईश्वर के कार्य में बाधा डाल रहे हैं।''

यह सुनकर स्वामीजी गंभीरतापूर्वक बोले, ''माननीय पंडितो, पहले तो मैं आप सबको नमस्कार करता हूँ। आप सब यह तो जानते ही होंगे कि मनुष्य इस जीवन में अपने कर्मों के कारण कष्ट और सुख पाता है। यह भी आप मानते होंगे कि जो कष्ट से पीड़ित लोगों के घावों पर मरहम लगाता है और उसके कष्ट को दूर करने में मदद करता है, वह स्वयं ही पुण्य का अधिकारी बन जाता है। अब यदि आपके अनुसार प्लेग से पीड़ित लोग पाप के भागी हैं तो हमारे जो मित्र इनकी मदद कर रहे हैं, वे तो पुण्य के भागी बन रहे हैं न। क्या आप उन्हें पुण्य-कार्य करने से रोकना चाहेंगे? इस संदर्भ में आपका क्या कहना है?''

स्वामीजी की बात सुनकर सभी पंडित भौंचक्के रह गए और सिर झुकाकर चुपचाप वहाँ से चले गए। स्वामीजी और उनके शिष्य फिर से अपने काम में लग गए।

□

विवेक की शक्ति

यूनान के प्रसिद्ध दार्शनिक सुकरात एक बार अपने शिष्यों के साथ चर्चा में मगन थे। उसी समय एक ज्योतिषी घूमता-घामता वहाँ पहुँचा। वह चेहरा देखकर व्यक्ति के चरित्र के बारे में बताने का दावा करता था। सुकरात व उसके शिष्यों के समक्ष भी वह यही दावा करने लगा, चूँकि सुकरात जितने अच्छे दार्शनिक थे, उतने सुदर्शन नहीं थे, बल्कि वे बदसूरत ही थे। पर लोग उन्हें उनके सुंदर विचारों की वजह से अधिक चाहते थे।

ज्योतिषी सुकरात का चेहरा देखकर बोला, ''आपके नथुनों की बनावट बता रही है कि आप में क्रोध की भावना प्रबल है। आप जल्दी ही कुपित हो जाते हैं।''

यह सुनकर सुक़रात के शिष्य नाराज होने लगे। परंतु सुकरात ने उन्हें रोककर ज्योतिषी को अपनी बात कहने का पूरा मौका दिया।

ज्योतिषी ने आगे कहा, ''आपके माथे और सिर की आकृति बताती है कि आप निश्चित रूप से लालची हैं। ठोड़ी की रचना आपके सनकी और तुनकमिजाज होने की घोषणा करती है। होंठों और दाँतों की बनावट के अनुसार आप सदैव देश और शासनतंत्र के खिलाफ विचार रखते हैं। यही नहीं, लोगों को बगावत के लिए भी उकसाते रहते हैं।''

ज्योतिषी अपनी बात पूरी कर चुका तो सुकरात ने उसे इनाम देकर भेज दिया। इस पर सुकरात के शिष्य भौंचक्के रह गए। सुकरात ने उनकी भावनाएँ समझीं और आवेश शांत करने के लिए कहा, ''सत्य को दबाना ठीक नहीं है। ज्योतिषी से एक भूल अवश्य हुई है, वह यह कि उसने मेरे विवेक की शक्ति पर जरा भी गौर नहीं किया। मैं अपने विवेक से इन सब दुर्गुणों पर अंकुश लगाए रखता हूँ। यह बात ज्योतिषी बताना भूल गया।''

सुकरात की बात सुनकर शिष्य उनकी विलक्षणता से प्रभावित हो गए।

□

सच्ची भक्ति

एक बार चैतन्य महाप्रभु जगन्नाथपुरी से दक्षिण भारत की यात्रा करने निकले थे। भ्रमण के दौरान वे एक सरोवर के किनारे पहुँचे। सरोवर के किनारे एक ब्राह्मण भक्तिभाव से गीता-पाठ में इतना तल्लीन था कि उसे उनकी उपस्थिति का तनिक भी भान नहीं हुआ। उसका शरीर रोमांचित हो रहा था और नेत्रों से आँसू बह रहे थे। महाप्रभु भी शांत भाव से चुपचाप बैठे रहे।

जब पाठ समाप्त हुआ तो महाप्रभु उससे बोले, "ब्राह्मण देवता, लगता है कि आप संस्कृत नहीं जानते, क्योंकि श्लोकों का उच्चारण शुद्ध नहीं हो रहा था। किंतु गीता का ऐसा कौन सा अर्थ आप समझते हैं कि जिसके आनंद में आप इतने भावविभोर हो रहे थे?"

ब्राह्मण ने उन्हें दंडवत् प्रणाम किया और कहा, "भगवन्! मैं संस्कृत क्या जानूँ और गीता के अर्थ का मुझे क्या पता। मैं जब इस ग्रंथ को पढ़ने बैठता हूँ, तब मुझे कुरुक्षेत्र में खड़ी दोनों सेनाएँ साक्षात् दिखाई देती हैं। दोनों सेनाओं के बीच एक रथ खड़ा दिखाई देता है। रथ के भीतर अर्जुन दोनों हाथ जोड़े और रथ के आगे घोड़ों की लगाम पकड़े भगवान् श्रीकृष्ण बैठे हैं। मुझे तो भगवान् और अर्जुन की ओर देख-देखकर प्रेम से रुलाई आ रही है।"

यह सुनकर महाप्रभु ने ब्राह्मण को हृदय से लगा लिया। बोले, "तुम्हीं ने गीता का सच्चा अर्थ जाना है।"

वस्तुतः जहाँ भक्ति प्रकट करने के औपचारिक उपादान भले ही त्रुटिपूर्ण हों, किंतु आराध्य के प्रति संपूर्ण हार्दिक समर्पण हो, वहाँ सच्ची भक्ति प्रकट होती है।

□

सबका पालनहार है परमात्मा

छत्रपति शिवाजी ने अपने शौर्य के जरिए अनेक लड़ाइयाँ जीतीं। इससे उनके मन में थोड़ा अभिमान आ गया। उन्हें लगता था कि उनके जैसा वीर और कोई नहीं है। कभी-कभी यह अभिमान दूसरों के समक्ष भी झलक पड़ता।

एक दिन समर्थ गुरु रामदास शिवाजी के महल में पधारे। शिवाजी यों तो उनका काफी आदर करते थे, लेकिन उनके सामने भी शिवाजी का अहंकार इन शब्दों में व्यक्त हो गया—"गुरुदेव, आपकी कृपा से मैं अब राजा हो गया हूँ। मैं हजारों-लाखों का रक्षक और पालक हूँ। मुझे उनके सुख-दु:ख और भोजन-वस्त्र आदि की चिंता करनी होगी।"

समर्थ गुरु जान गए कि शिवाजी को राजा होने का अभिमान हो गया है। इस अभिमान को तोड़ने के लिए उन्होंने एक तरकीब सोची। शाम को शिवाजी के साथ भ्रमण करते हुए रामदास ने अचानक शिवाजी को एक बड़ा सा पत्थर दिखाते हुए कहा, "शिवा, जरा इस पत्थर को तोड़कर तो दिखाओ।"

शिवाजी ने गुरु की आज्ञा का पालन करते हुए तत्काल वह पत्थर तोड़ डाला। लेकिन यह क्या, पत्थर के बीच में एक जीवित मेढक एक पतंगे को मुँह में दबाए बैठा था। इसे देखकर शिवाजी चकित रह गए। समर्थ रामदासजी ने शिवाजी से पूछा, "पत्थर के बीच बैठे इस मेढक को कौन हवा-पानी दे रहा है? इसका पालक कौन है? कहीं इसके पालन की जिम्मेदारी भी तुम्हारे कंधों पर तो नहीं आ पड़ी है?"

शिवाजी गुरु की बात का मर्म समझकर पानी-पानी हो गए और उनका सारा अहंकार तिरोहित हो गया। तब गुरु ने उन्हें समझाया—"शिवाजी, चाहे तुम्हारे राज्य की प्रजा हो या दूसरे प्राणी, पालक तो सबका एक ही है। उसी की कृपा से हमें अन्न और जल प्राप्त होता है। राजा के रूप में तुम उसी के कार्यों को अंजाम देते हो। हम-तुम माध्यम भर हैं। इसलिए हमारे भीतर पालनकर्ता होने का अभिमान नहीं आना चाहिए।"

□

पगड़ी का रहस्य

एक बार महान् वैज्ञानिक चंद्रशेखर वेंकटरामन के सम्मान में रात्रिभोज का आयोजन किया गया। रामन ने सूट के साथ सिर पर दक्षिण भारतीय पद्धति की पगड़ी पहनी हुई थी। उक्त आयोजन में बहुत बड़ी संख्या में लोग उपस्थित थे। भोज के बाद भाषण भी हुए, जिनमें प्राय: सभी ने रामन की शोधपूर्ण महान् उपलब्धियों की खूब प्रशंसा की।

अपनी प्रशंसा सुनना रामन के दिल को गवारा न हुआ। उनका मानना था कि अत्यधिक प्रशंसा से व्यक्ति की प्रगति रुक जाती है। थोड़ी देर पश्चात् जब उन्हें बोलने का अवसर दिया गया, तब उन्होंने इस तथ्य को उजागर करते हुए कहा, "लोग सोचते होंगे कि वे (रामन) इस उम्र में भी पगड़ी क्यों पहनते हैं ? मैं यहाँ आप लोगों को बता दूँ कि जिस तरह के आज भाषण दिए गए हैं, उन्हें देख-सुनकर मेरा सिर घमंड से अधिक फूल न जाए, इसलिए उसे दबाए रखने के लिए मैं पगड़ी पहनता हूँ।"

इस प्रकार रामन ने पगड़ी पहनने का रहस्य बताते हुए रात्रिभोज की शालीनता का परिचय दिया, ताकि घमंड कदाचित् उन्हें छू न जाए। ऐसे सरल स्वभावी महान् वैज्ञानिक वेंकटरामन ने प्रभुता में भी लघुता का जो उदाहरण पेश किया, वह हमारे लिए आज भी प्रेरणास्पद बना हुआ है।

□

छड़ी की कीमत

यह उन दिनों की बात है, जब स्वतंत्रता आंदोलन जोरों पर था। स्वतंत्रता सेनानी घर-घर में नायकों की तरह पूजे जाते थे। उन्हीं दिनों पंडित जवाहरलाल नेहरू किसी कार्य से मसूरी गए। उन्हें वहाँ कुछ दिन ठहरना था। वहाँ वे प्रायः लोगों से मेल-मुलाकात के लिए बाजार घूमने चले जाते थे।

एक दिन वे मसूरी के बाजार में लोगों से मिलते हुए घूम रहे थे। चलते-चलते एक वृद्ध मुसलमान की छड़ियों की दुकान के सामने उनके कदम ठिठक गए। उनके मन में आया कि क्यों न एक छड़ी खरीदूँ। उन्होंने दुकानदार से एक बढ़िया सी छड़ी दिखाने का आग्रह किया। दुकानदार ने अनेक प्रकार की छड़ियाँ उन्हें दिखाईं। उनमें से एक छड़ी पसंद कर पंडितजी ने उसकी कीमत दुकानदार से पूछी तो वह बुजुर्ग सज्जन बोले, ''पंडितजी, आप तो इस देश के अमूल्य रत्न हैं। आपसे भला मैं क्या माँगूँ?''

नेहरूजी ने विनम्रता से कहा, ''लेकिन बिना कीमत दिए तो यह छड़ी मैं नहीं ले पाऊँगा।''

नेहरूजी की बात सुनकर दुकानदार ने अत्यंत स्नेहपूर्वक कहा, ''कीमत तो मैं भी आपसे नहीं ले पाऊँगा। मैं पहले इलाहाबाद में ही रहता था। बचपन में मैंने आपको गोद में खिलाया है। आनंद भवन के प्रांगण में मैंने आपसे तोतली बोली में सैकड़ों बार बातचीत की है। आप पर मेरा हक है जनाब।''

नेहरूजी वृद्ध दुकानदार की आत्मीयता देख अभिभूत हो उठे और बोले, ''मुझ पर तो आपका पूरा हक है, लेकिन मेरा भी तो आपके प्रति कोई कर्तव्य है। ये रुपए रखिए। अपने बच्चों के लिए मिठाई ले जाइएगा।''

यह कहकर नेहरूजी ने सौ रुपए वृद्ध दुकानदार को दे दिए। पंडितजी के प्रेम को देख वृद्ध दुकानदार की आँखें भर आईं।

□

नास्तिक कौन?

स्वामी विवेकानंद ने युवावस्था में ही अपना एक विशिष्ट व्यक्तित्व विकसित कर लिया था। जो उनसे मिलता, उनकी प्रतिभा का कायल हो जाता। उनके अंग्रेज प्राध्यापक भी उनसे प्रभावित रहते थे।

एक बार उनके कॉलेज के प्रिंसिपल डब्ल्यू.डब्ल्यू. हेस्टी उनकी कक्षा में आए। किसी प्रसंग पर उन्होंने पूछा, ''नरेन! यह बताओ नास्तिक कौन है?''

नरेन के उत्तर दिया, ''सर, नास्तिक वह होता है, जो अपने में विश्वास नहीं करता। ईश्वर में विश्वास नहीं करता।''

इस उत्तर को सुनकर हेस्टी साहब कुछ देर के लिए अवाक् रह गए। फिर उन्होंने कुछ सोचकर कहा, ''तो इसका अर्थ यह है कि ईश्वर कहीं नहीं है।''

इस पर नरेन ने दृढतापूर्वक कहा, ''ईश्वर है सर! वह भारत के दरिद्र पंडित और दुर्बल लोगों में है, जिन्हें कभी तुर्क और मुगल शासक नोंचते रहे और अब आपकी सरकार नोच रही है।''

नरेन का यह निर्भीक उत्तर सुनकर हेस्टी साहब चकित रह गए। उन्होंने कहा, ''मैंने सुदूर देशों का भ्रमण किया है, लेकिन अभी तक मुझे कहीं भी ऐसा लड़का नहीं मिला, जिसमें मुझ जैसी प्रतिभा और संभावनाएँ हों। तू जीवन में जरूर अपनी छाप छोड़ जाएगा।'' इतना कहकर हेस्टी साहब कक्षा से बाहर चले गए।

छुट्टी के समय उन्होंने नरेन को अपने ऑफिस में बुलाया और कहा, ''नरेन, तुमने क्लास में मुझसे जो कुछ कहा, वह बिल्कुल सच है। लेकिन मैं तुम्हें हिदायत देता हूँ कि ऐसी बातें किसी और अंग्रेज के सामने मत कहना।''

नरेन ने पूछा, ''क्यों सर?''

हेस्टी बोले, ''वह तुम्हारी रिपोर्ट कर देगा। सरकार तुम्हें जेल भेज सकती है।''

नरेन ने मुसकराते हुए कहा, ''सर, यदि सच बोलने से आपकी सरकार मुझे जेल भेज देगी, तो मैं प्रार्थना करूँगा कि भारत का हर व्यक्ति मेरी तरह सच कहने लगे और आपकी सरकार सबको जेल का पानी पिलाने लग जाए।''

□

देशप्रेम

एक बार गुरु नानक प्रात:काल घूमने निकले। कुछ दूर जाने के पश्चात् उन्होंने देखा कि कुछ ऋषि-मुनि अपने हाथों में पानी से भरी हुई सुराही लेकर पूर्व दिशा की ओर जहाँ सूर्योदय होता है, पानी डाल रहे थे। गुरु नानक ने उन्हें कुछ देर देखा, फिर कुछ विचारकर पुन: अपने स्थान पर लौट आए। उन्होंने पानी से भरी हुई सुराही उठाई और वापस चल दिए उस ओर, जहाँ ऋषि-मुनि सूर्य देवता को जल अर्पण कर रहे थे। गुरु नानक ने उनके विपरीत पश्चिम दिशा की ओर जल डालना शुरू कर दिया।

कुछ देर बाद जब सभी ऋषि-मुनिगण सारा पानी डालकर वापस जाने लगे तो उन्होंने देखा कि गुरु नानक पश्चिम की ओर मुँह किए पानी डाल रहे हैं। वे उत्सुकतावश गुरु नानक के पास गए और बोले, "अरे भई, हम तो सूर्य देवता को नमन करने हेतु पानी पूर्व दिशा में डाल रहे थे, परंतु आप पश्चिम दिशा में पानी डाल रहे हो। इसका क्या मतलब है?"

इस पर नानकजी ने बहुत ही सजगता और सरलता से जवाब दिया—"अरे भाई, मैं यहाँ से अपने पंजाब के खेतों तक पानी पहुँचाकर उन्हें सींच रहा हूँ।"

यह सुनकर ऋषि-मुनि हँसने लगे और बोले, "भला यहाँ से इतनी दूर खेतों में कभी पानी कैसे डाला जा सकता है?"

नानक ने कहा, "हे मुनियो! आपका डाला हुआ पानी जब इतनी दूर सूर्यदेव तक पहुँच सकता है, तो मेरे खेत तो कुछ ही दूरी पर हैं, फिर पानी वहाँ तक क्यों नहीं पहुँचेगा?"

यह सुनकर सभी ऋषि-मुनियों ने शर्मिंदा होकर अपने मस्तिष्क को गुरु नानक की ओर झुका दिया और वे सभी गुरु नानक की महानता के कायल हो गए।

□

अस्वादन व्रत

दक्षिण अफ्रीका के फिनिक्स आश्रम के विद्यार्थियों को गांधीजी तरह-तरह के अभ्यास कराते थे। नियमों और व्रतों पर जोर देते हुए वे कार्यकर्ताओं को समय और मर्यादित जीवन के लिए प्रेरित करते थे। उनका मानना था कि एक लोकसेवक दूसरों के प्रति करुणा से भरा तो होना ही चाहिए। साथ ही, उसे अपने आपको कठोर अनुशासन में भी बाँधे रखना चाहिए। अनुशासन और संयम के अभ्यास के लिए वे विद्यार्थियों को कई-कई दिन का अस्वाद व्रत कराते थे। कुछ विद्यार्थी पहले तो लंबा व्रत ले लेते थे, पर जल्दी ही उनका संकल्प कमजोर पड़ने लगता था।

महात्मा गांधी कमजोर संकल्प वाले विद्यार्थियों को हर हाल में अपने व्रत पर दृढ रहने के लिए कहते, क्योंकि उनके अनुसार एक बार संकल्प कमजोर हुआ कि वह मनुष्य को पहले की तुलना में और भी कमजोर बना देता है। महात्मा गांधी ऐसे विद्यार्थियों को कड़ाई से नियम-पालन करने के लिए कहते।

एक बार उनके पुत्र देवदास गांधी ने आठ दिन का अस्वाद व्रत लिया। दो-तीन दिन में ही उनका संकल्प कमजोर पड़ा और वे बीच में ही इसे तोड़ने लगे। उस दिन आश्रम में नमकीन कढ़ी बनी थी। देवदास उसके लिए अड़ गए। चार दिन तक बिना नमक का भोजन करते हुए वे ऊब गए थे। गांधीजी ने उन्हें लाख मनाया, पर वे माने नहीं बल्कि रोने लगे।

गांधीजी ने विचार किया। वे भी तो कुछ दिन पहले देवदास की तरह ही संकल्प तोड़ देते थे। उन्होंने सोचा कि बेटे का क्या दोष? दोष मेरा है, मुझे दंड मिलना चाहिए। उन्होंने देवदास से कहा, ''बेटा, इसमें तुम्हारा कोई दोष नहीं है। गलती मेरी है, जो तुम यों मचल गए। मैं अपनी भूल का प्रायश्चित्त करूँगा।''

यह कहकर उन्होंने देवदास की जगह खुद अस्वाद व्रत ले लिया। उनके इस निश्चय का देवदास पर ऐसा प्रभाव पड़ा कि उन्होंने जिद छोड़ दी।

□

उपहार

भारत के प्रथम राष्ट्रपति डॉ. राजेंद्र प्रसाद के जीवन की एक घटना है। एक बार उपहार में उन्हें हाथी दाँत की एक कलम-दवात मिली। वह उन्हें इतनी प्रिय हो गई कि लिखते समय वे उसी का अधिक प्रयोग करते थे। जिस कमरे में उन्होंने कलम-दवात रखी थी, उसकी सफाई का काम उनका सेवक तुलसी करता था।

एक दिन मेज साफ करते समय कपड़े की फटकार से कलम-दवात नीचे गिरकर टूट गए। राजेंद्र बाबू को जब यह बात पता लगी तो उन्होंने नाराज होते हुए अपने सचिव से कहा, ''ऐसे आदमी को तुरंत बदल दो।''

सचिव ने तुलसी को वहाँ से हटाकर दूसरा काम दे दिया। उस दिन राजेंद्र बाबू के मन में खलबली मची रही कि आखिर एक मामूली सी गलती के लिए उन्होंने तुलसी को इतना बड़ा दंड क्यों दिया? लाख सावधानी बरतने पर भी ऐसी घटना किसी के साथ हो सकती है। शाम को उन्होंने तुलसी को बुलवाया। उसके आते ही राजेंद्र बाबू कुरसी से उठकर खड़े हो गए और बोले, ''तुलसी, मुझे माफ कर दो।''

तुलसी पहले तो सकपका गया, फिर राजेंद्र बाबू के पैरों में गिरकर क्षमा माँगने लगा। तब राजेंद्र बाबू बोले, ''तुलसी, तुम अपनी पहलीवाली ड्यूटी पर जाओ, तब मुझे संतोष होगा।''

यह सुनकर तुलसी ने कृतज्ञता भरी आँखों से अपना पुराना काम सँभाल लिया। सार यह है कि व्यक्ति को पद, स्तर, शिक्षा, जाति सभी से परे एक इनसान के रूप में देखनेवाले की दृष्टि सम होती है और इसीलिए वह सभी से सम्मान व स्नेहपूर्ण व्यवहार करता है। महानता ऐसे ही व्यवहार से प्राप्त होती है।

□

साहस और संगठन

एक बार सरदार पटेल गुजरात के बारदौली के एक गाँव में पहुँचे। स्वागत-सत्कार के बाद ग्रामीणों से उनकी बातचीत शुरू हुई। सरदार पटेल ने गाँव के विकास की विभिन्न योजनाओं पर ग्रामीणों से विचार-विमर्श किया तो उन्होंने कई समस्याएँ गिनाईं। मुख्य रूप से उन्होंने यह समस्या बताई कि हमारे गाँव में डाकुओं द्वारा हो रही लूटपाट और हत्या से हम परेशान हैं। पुलिस में हम रिपोर्ट करते हैं तो वह ध्यान नहीं देती। पुलिस के प्रश्रय से डाकुओं के हौसले बुलंद हैं। अब हम किसके पास सहायता की गुहार लगाएँ?''

गाँववालों की बात सुनकर सरदार पटेल ने पूछा, ''तुम यह बताओ कि गाँव की जनसंख्या कितनी है?''

गाँववाले बोले, ''लगभग सात सौ।''

तब पटेलजी बोले, ''इनमें से दो सौ आदमी तो जरूर ही जवान और स्वस्थ होंगे। प्रत्येक घर में भाला और लाठी जैसे हथियार भी होंगे। डाकू सात-आठ या दस-बीस हो सकते हैं। आप लोगों में साहस और संगठन की कमी है, जिसका फायदा डाकू उठा रहे हैं।''

सरदार पटेल की बातों से ग्रामीणों में आत्मविश्वास और साहस पैदा हो गया। उन्होंने हिम्मत से संगठित होकर डाकुओं का मुकाबला किया तो फिर कभी डाकुओं ने गाँव की ओर रुख नहीं किया। इससे उत्साहित होकर ग्रामीणों ने सफाई, शिक्षा, पानी की व्यवस्था जैसे जनहितकारी कार्यों में भी अपनी संगठन-भावना का उपयोग करना प्रारंभ कर दिया और वे सफल होकर सुखी हो गए।

साहस और संगठन दो ऐसे तत्त्व हैं, जिनसे कठिनतम लक्ष्य भी हासिल किए जा सकते हैं, इसलिए विपरीत परिस्थितियों में हिम्मत न हारते हुए साहसी बनें और एकजुटता से काम करें।

□

सच्चा फकीर

एक बार आचार्य विनोबा भावे रेलगाड़ी से यात्रा करते हुए विचार-मग्न थे। उनके आसपास बैठे यात्री अपनी चर्चा में लगे थे। तभी एक फकीर ने उस बोगी में प्रवेश किया। वह बेहद साधारण कपड़े पहने हुआ था। सभी यात्रियों ने उसे देखा। फिर कुछ सचेत हो गए और कुछ कनखियों से उसे देखने लगे। ज्यादातर यात्री यह सोच रहे थे कि अब यह फकीर अपनी गरीबी का वर्णन करेगा और उनसे कुछ देने को कहेगा। लेकिन ऐसा कुछ नहीं हुआ।

कुछ देर बाद वह फकीर मस्त होकर भजन गाने लगा। उसके मधुर कंठ से भजन बड़ा अच्छा लग रहा था। धीरे-धीरे सब यात्री तन्मय होकर उसका भजन सुनने लगे। विनोबाजी के पास एक धनी व्यक्ति बैठा हुआ था। वह भी बड़े ध्यान से भजन सुन रहा था। जैसे ही भजन पूरा हुआ, उस धनी ने पूछा, ''बाबा, भजन गाकर आप एक दिन में कितना कमा लेते हो ?''

फकीर बोला, ''चार-पाँच घंटे गाकर दो-चार आने मिल जाते हैं। इससे मेरा जीवन मजे से कट जाता है।''

यह सुनकर धनी व्यक्ति बोला, ''बाबा, यह लो एक रुपया। अब जरा एक फिल्मी गाना सुना दो।''

फकीर ने उसकी ओर देखते हुए कहा, ''मैं केवल ईश्वर की भक्ति के लिए गाता हूँ। फिल्मी गाना मैं नहीं गा सकता।''

धनी व्यक्ति ने कुछ सोचा और फिर अपनी जेब में हाथ डालकर बाहर निकाला और बोला, ''यह लो बाबा, सौ रुपए का नोट। अब एक फिल्मी गाना सुना ही दो।''

फकीर तो फकीर था, बोला, ''आप लाख रुपया दो, फिर भी मैं फिल्मी गाना नहीं सुना सकता।''

फकीर की दृढता देख सभी उसकी मन-ही-मन प्रशंसा कर रहे थे। यह देखकर विनोबाजी ने कहा, ''यह सच्चा फकीर है। मैं इसके सामने नतमस्तक हूँ।''

इसके बाद फकीर भजन गाता हुआ दूसरी बोगी की तरफ चला गया।

□

धर्म का सम्मान

यह घटना उस समय की है, जब डॉ. सर्वपल्ली राधाकृष्णन मद्रास के एक ईसाई मिशनरी स्कूल के छात्र थे। वे बचपन से बेहद कुशाग्र एवं तीव्र बुद्धि के थे। कम उम्र में ही उनकी गतिविधियाँ व उच्च विचार लोगों को हैरानी में डाल देते थे।

एक बार उनकी कक्षा में एक अध्यापक पढ़ा रहे थे, जो बेहद संकीर्ण मनोवृत्ति के थे। पढ़ाने के क्रम में वह धर्म के बारे में बच्चों को बताने लगे और बताते-बताते ही वह हिंदू धर्म पर कटाक्ष करते हुए उसे दकियानूसी, रूढ़िवादी, अंधविश्वासी और न जाने क्या-क्या कहने लगे। बालक राधाकृष्णन अपने स्थान पर खड़े होकर अध्यापक से बोले, "सर! क्या आपका ईसाई मत दूसरों के धर्म की निंदा करने में विश्वास रखता है?"

एक छोटे से बालक का इतना गूढ व गंभीर प्रश्न सुनकर अध्यापक चौंक गए। वाकई बालक की बात में शत-प्रतिशत सत्यता थी। दुनिया का प्रत्येक धर्म समानता व एकता का ही संदेश देता है। मगर अध्यापक एक नन्हे बालक के आगे अपनी पराजय कैसे मानते। वे सँभलकर बोले, "क्या हिंदू धर्म दूसरे धर्म का सम्मान करता है?"

अध्यापक के यह कहते ही बालक राधाकृष्णन बोले, "बिल्कुल सर! हिंदू धर्म किसी भी अन्य धर्म में कभी बुराई नहीं ढूँढ़ता। स्वयं भगवान् कृष्ण ने गीता में कहा है—पूजा के अनेक तरीके हैं। अनेक मार्ग हैं। हर मार्ग एक ही लक्ष्य पर पहुँचता है। क्या इस भावना में सब धर्मों को स्थान नहीं मिलता, सर? इसलिए हर धर्म के पीछे एक ही भावना है। वह तो व्यक्ति विशेष पर निर्भर करता है कि वह अपनी आस्था किसमें मानता है? किंतु कोई भी धर्म किसी अन्य धर्म की निंदा करने की शिक्षा कभी नहीं देता। एक सच्चा धार्मिक व्यक्ति वह है, जो सभी धर्मों का सम्मान करे और उनकी अच्छी बातें ग्रहण करे।"

राधाकृष्णन का जवाब सुनकर अध्यापक ने भविष्य में ऐसी बातें न करने का प्रण किया।

□

ज्ञान की जीत

यह घटना उस समय की है, जब प्रसद्धि न्यायवेत्ता महादेव गोविंद रानाडे हाई कोर्ट के जज थे। उन्हें अनेक भारतीय एवं विदेशी भाषाओं का ज्ञान था। फिर भी वह हमेशा कुछ-न-कुछ नया सीखने को लालायित रहते थे। वे बँगला सीखने को आतुर थे, लेकिन उन्हें अभी तक बँगला सिखाने के लिए कोई व्यक्ति नहीं मिला था। उन्हीं दिनों उन्हें पता चला कि उनके एक पड़ोसी की हजामत बनाने के लिए जो व्यक्ति आता है, वह बँगलाभाषी है।

महादेव गोविंद रानाडे ने उसी से अपनी हजामत बनवाने का निश्चय किया। उन्होंने सोचा कि हजामत बनवाने से वह उसके साथ रहकर बँगला भी सीख जाएँगे। हजामत बनाते-बनाते नाई रानाडे को बँगला की जानकारी देता रहता था। उनकी पत्नी यह सब देखती रहती थी।

एक दिन वह झुँझलाकर बोली, "आप एक नाई से बँगला सीख रहे हैं। यदि यह बात किसी को पता चल गई तो वह क्या सोचेगा? इससे आपका मान-सम्मान धूमिल हो जाएगा।"

पत्नी की बात सुनकर रानाडे बोले, "इसमें सम्मान घटने या धूमिल होने की कौन सी बात है? मैं कोई ऐसा काम नहीं कर रहा हूँ, जिससे किसी को कोई हानि हो अथवा जो कानून के विरुद्ध हो। मैं ज्ञान का प्यासा हूँ और बँगला सीख रहा हँ। फिर ज्ञान की कोई जाति नहीं होती। वह तो जिससे भी, जहाँ से भी मिले, तुरंत ले लेना चाहिए और व्यक्ति अपनी जाति से नहीं, ज्ञान से जाना जाता है। चाहे वह कोई भी हो।"

उनकी पत्नी को अपनी गलती का अहसास हो गया; उन्होंने अपनी गलत सोच के लिए रानाडे से माफी माँगी।

□

बूट पॉलिश

एक बार दादाभाई नौरोजी किसी मुकदमे के सिलसिले में लंदन गए थे। उनके साथ में लोकमान्य बाल गंगाधर तिलक भी थे। लंदन में ठहरने का खर्च अधिक था। खर्च कम हो, इस विचार से वे शहर से दूर एक गाँव में ठहरे थे। दादाभाई नौरोजी प्रातः जल्दी उठ जाया करते थे और अपना पूरा काम निपटा लेते थे।

एक दिन जब वे प्रातःकाल उठे और अपने जूतों में पॉलिश कर चुके तो विचार आया कि लगे हाथ तिलकजी के जूतों पर भी पॉलिश कर दी जाए। यह विचार कर वे तिलकजी के कमरे में घुसे और जैसे ही उनके जूते उठाए, तिलकजी की आँख खुल गई और उन्होंने अपने जूते वापस माँगे।

दादाभाई नौरोजी ने कहा, ''जूते-जूते सब एक हैं। जैसा मेरा जूता वैसा आपका और जब हम दोनों एक हैं तो फिर यह शर्म कैसी?''

यह सुनकर तिलकजी बोले, ''नौकर नहीं आया क्या, इसी से आप यह कष्ट उठा रहे हैं?''

दादाभाई ने समझाते हुए कहा, ''यह गाँव है, यहाँ चारों तरफ नौकर-ही-नौकर हैं, उनकी यहाँ कोई कमी नहीं हैं। पर जब सब लोग अपना काम स्वयं करते हैं तो हमें भी अपना काम खुद करना चाहिए।''

कहते हैं कि दादाभाई नौरोजी की यह बात लोकमान्य तिलक के दिल में बैठ गई और तब से उनकी जीवनधारा ही बदल गई।

□

परोपकार का रास्ता

बहुत पुरानी बात है। फिलाडेल्फिया में फ्रैंकलिन नामक एक गरीब युवक रहता था। उसके मोहल्ले में हमेशा अँधेरा रहता था। वह रोज यह देखता था कि अँधेरे में आने-जाने में लोगों को बहुत दिक्कत होती है। एक दिन उसने अपने घर के सामने एक बाँस गाड़ दिया और शाम को उस पर एक लालटेन जलाकर टाँग दी। लालटेन से उसके घर के सामने उजाला हो गया। लेकिन मोहल्ले के लोगों ने इसके लिए उसका मजाक उड़ाया।

एक व्यक्ति बोला, ''फ्रैंकलिन, तुम्हारे एक लालटेन जला देने से कुछ नहीं होगा। पूरे मोहल्ले में तो अँधेरा ही रहेगा।''

उसके घरवालों ने भी उसके इस कदम का विरोध किया और कहा, ''तुम्हारे इस काम से फालतू में पैसा खर्च होगा।''

फ्रैंकलिन ने कहा, ''मानता हूँ कि एक लालटेन जलाने से ज्यादा लोगों को फ़ायदा नहीं होगा, मगर कुछ लोगों को तो इसका लाभ मिलेगा ही।''

कुछ ही दिनों में इसकी चर्चा हो गई और फ्रैंकलिन के प्रयास की सराहना भी होने लगी। उसकी देखादेखी कुछ और लोग भी अपने-अपने घरों के सामने लालटेन जलाकर टाँगने लगे। एक दिन पूरे मोहल्ले में उजाला हो गया। यह बात शहर भर में फैल गई और म्युनिसिपल कमेटी पर चारों तरफ से यह दबाव पड़ने लगा कि वह उस मोहल्ले में रोशनी का इंतजाम अपने हाथ में ले। कमेटी ने ऐसा ही किया, इस तरह फ्रैंकलिन की शोहरत चारों तरफ फैल गई।

एक दिन म्युनिसिपल कमेटी ने फ्रैंकलिन का सम्मान किया। इस मौके पर जब उससे पूछा गया कि उसके मन में यह खयाल कैसे आया, तो फ्रैंकलिन ने कहा, ''मेरे घर के सामने रोज कई लोग अँधेरे में ठोकर खाकर गिरते थे। मैंने सोचा कि मैं ज्यादा तो नहीं, लेकिन अपने घर के सामने थोड़ा तो उजाला कर ही सकता हूँ। हर अच्छे काम के लिए पहल किसी एक को ही करनी पड़ती है। अगर हर कोई दूसरे के भरोसे बैठा रहे तो कभी अच्छे काम की शुरुआत होगी ही नहीं।''

□

भिखारी की सीख

एक दिन चंद्रगुप्त मौर्य दोपहर में वेश बदलकर नगर का निरीक्षण करने के लिए निकले। धूप व गरमी से वे बेहाल थे। एक जगह घना वृक्ष देखकर वे उसके नीचे बैठ गए। उन्हीं के ठीक सामने पेड़ के नीचे एक भिखारी फटेहाल चिथड़ों में बैठा प्रसन्न कुछ गुनगुना रहा था।

तभी वहाँ एक और भिखारी आया और चंद्रगुप्त से बोला, ''भगवान् के नाम पर कुछ दे दो। मैं दो दिन से भूखा हूँ।''

चंद्रगुप्त बोले, ''भाग यहाँ से, हट्टा-कट्टा होने पर भी हाथ फैलाता है।''

भिखारी डाँट खाकर सामने बैठे भिखारी के पास गया और उसके सामने गिड़गिड़ाने लगा। उस भिखारी ने अपनी पोटली खोली और उसमें से एक सिक्का निकालते हुए बोला, ''जा इस समय मेरे पास यही है। इसी से खरीदकर कुछ खा ले।''

दूसरा भिखारी पहले भिखारी को आशीष देता हुआ चला गया और पहला भिखारी फिर उसी तरह गुनगुनाने लगा। चंद्रगुप्त यह देखकर दंग रह गए कि उनके राज्य में भिखारी भी दाता है। उन्हें संदेह हुआ कि कहीं यह कोई विदेशी गुप्तचर न हो। वे उसके पास जा पहुँचे और उसके बारे में पूछने लगे।

भिखारी बोला, ''मैं भिखारी हूँ और मेरा नाम कालीचरण है।''

चंद्रगुप्त बोले, ''पर तुम्हारे चेहरे पर भिखारियों जैसी दीनता नहीं, बल्कि राजाओं जैसी चमक है।''

भिखारी मुसकराते हुए बोला, ''असल में मैं अपने लिए कभी कुछ नहीं चाहता; सदा दूसरों के लिए कुछ करता रहता हूँ। इससे मुझे सुख मिलता है, यही मेरे चेहरे पर चमक का राज है।''

चंद्रगुप्त इस सीख को अपने जीवन में उतारने का संकल्प लिये वहाँ से चल पड़े। □

समस्या की जड़

यह घटना खान अब्दुल गफ्फार खाँ के बचपन की है। काफी कम उम्र में ही उनके भीतर नई-नई बातों को जानने की जिज्ञासा थी। उनके मोहल्ले में एक मौलवी रहते थे। एक दिन खाँ साहब ने मौलवी से निवेदन किया—"मैं जीवन में कामयाबी हासिल करना चाहता हूँ। मैं कड़ी मेहनत व संघर्ष से नहीं डरता। मैं केवल आपसे यह जानना चाहता हूँ कि कामयाब होने का क्या तरीका है?"

यह सुनकर मौलवी ने हँसते हुए कहा, "बेटा, मैं तुम्हारे इस सवाल का जवाब अभी देता हूँ, लेकिन पहले तुम मेरी बकरी को सामने वाले खूँटे से बाँध दो।"

यह कहते हुए मौलवी ने बकरी की रस्सी खाँ साहब को पकड़ा दी। वह बकरी किसी के काबू में जल्दी न आती थी। बकरी ने तुरंत ही छलाँग लगाई और रस्सी खाँ साहब के हाथ से छूट गई। रस्सी के छूटते ही खाँ साहब ने चतुराई से काम लिया और तेजी से भागकर बकरी के पैरों को पकड़ लिया। बकरी पैरों समेत पकड़े जाने से एक कदम भी आगे न जा सकी।

यह देखकर मौलवी बोले, "शाबाश! यही है कामयाबी का तरीका। जड़ पकड़ने से पूरा पैर काबू में आ जाता है। अगर हम किसी समस्या की जड़ पकड़ लें, तो उसका हल आसानी से निकाल सकते हैं। जीवन में आगे बढ़ने के लिए किसी बात की जड़ पर पकड़ बनाने की कला बेहद जरूरी है। यही कला मनुष्य को ऊँचाइयों तक पहुँचाती है।"

खाँ साहब इसी सूत्र को पकड़कर जीवन में आगे बढ़े और 'सीमांत गांधी' के नाम से जाने गए।

□

जीवन का सुख

एंटी फ्रो ने सुकरात से कहा, ''मैं समझता था कि दार्शनिक ज्ञान से मनुष्य को अधिक सुख प्राप्त होता है। परंतु तुम्हारी अवस्था देखकर मेरे विचार बदल गए हैं। कोई दासों का दास भी ऐसी घोर कष्टमयी अवस्था में रहना न चाहेगा। तुम्हारा भोजन बहुत घटिया है, वस्त्र भद्दे और फटे-पुराने हैं। जूता कभी पहनते ही नहीं। यदि शिष्य-वर्ग से फीस लेने लग जाओ तो थोड़े ही दिनों में तुम्हारी अवस्था सुधर जाएगी। अब तो मेरा यह दृढविश्वास है कि यदि तुम्हारी शिक्षा और तुम्हारे आचरण को एक-दूसरे के अनुसार ही माना जाए तो तुम सुख के स्थान पर दुःख के प्रचारक ही माने जाओगे।''

सुकरात ने कहा, ''तुम मेरे जीवन को इतना ही तुच्छ समझते हो, तब भी चिंता की कोई बात नहीं है। यदि तुम मेरे स्थान पर होते तो शायद ऐसे जीवन की अपेक्षा मृत्यु को अधिक श्रेयस्कर समझते। परंतु क्या तुम उसे सुखदायक समझते हो जहाँ वेतनभोगी अध्यापक फीस देनेवाले प्रत्येक लड़की-लड़कों को पढ़ाने के लिए विवश हैं। मैं तो स्वतंत्र हूँ। जिसे चाहूँ पढ़ाऊँ। मेरा भोजन बहुत साधारण होता है। तुम्हारे भोजन जैसा चटपटा मसालेदार नहीं होता। जिसे अपने भोज्य-पदार्थ रुचिकर लगते हैं, उसे किसी और वस्तु की क्या आवश्यकता है?''

लोग गरमी और सर्दी के भिन्न-भिन्न प्रकार के कपड़े इसलिए पहनते हैं कि उनके शरीर समान रूप से गरमी या सर्दी सहन नहीं कर सकते। लोग जूते पहनते हैं, क्योंकि उनके पाँव में चोट लगती रहती है। परंतु मैं तो एक स्वतंत्र मनुष्य हूँ। मैंने अपने शरीर को ऐसा बना लिया है, जिसे सर्दी-गरमी नहीं लगती। चोट भी नहीं लगती। नंगे पाँव रहकर चलने-फिरने, दौड़ने-भागने में मुझे तो कभी कोई कष्ट नहीं होता। मेरे जीवन में जो सुख है, तुम तो उसका अनुमान भी नहीं लगा सकते।''

□

लोभ से दूर

स्वामी दयानंद का व्यक्तित्व भव्य और प्रभावशाली था। उनके तेजस्वी व्यक्तित्व को देखकर ओखी मठ के महंत बहुत प्रभावित हुए। उन्होंने कहा, ''दयानंद, यदि तुम मेरे शिष्य बन जाओ तो मेरे मठ की गद्दी के स्वामी बन जाओगे। तुम्हारे हाथ में लाखों की संपत्ति आ जाएगी। तुम महंत जाने जाओगे और तुम्हें इतनी मान-प्रतिष्ठा प्राप्त होगी, जिसकी कोई बराबरी नहीं कर सकेगा। तुम स्वतंत्र और बेधड़क उस संसाधन को भोग सकते हो। तुम्हें कोई रोक-टोक नहीं सकेगा।''

लेकिन पूरी तरह धन आदि के प्रलोभन से मुक्त दयानंद को ऐसे प्रलोभनों से कोई कैसे बाँध सकता था। धन को वह तिनके के समान तुच्छ समझते थे। दयानंद ने कहा, ''आपको धन्यवाद! पर यह धन-संपत्ति मेरे लिए व्यर्थ है, मिट्टी के समान है, मेरे पिता की अपार संपत्ति पूजा-पाठ के पाखंड द्वारा एकत्र की गई आपकी पूँजी से कई गुना अधिक है। मैं उस अपार संपत्ति को लकड़ी, पत्थर, मिट्टी के समान व्यर्थ समझकर त्याग चुका हूँ तो महंत का पद मेरे लिए क्या अर्थ रखता है। मेरा ऐसे भौतिक सुखों से कोई मोह नहीं है। शुभ उद्देश्य से प्रेरित होकर ही मैं अपने पिता के समस्त संसाधनों और सांसारिक सुखों से मुँह मोड़ चुका हूँ। मेरे जीवन का एक बड़ा लक्ष्य है। महंत का पद उसके आगे क्या मायने रखता है। आपका चेला बनाना तो दूर, ऐसे प्रलोभनों के पास जाना भी घातक समझता हूँ।''

यह सुनकर महंत अवाक् रह गए। बाद में जिसने भी यह प्रसंग सुना, दयानंदजी के प्रति श्रद्धा से भर उठा।

□

नेता की पहचान

यह घटना उस समय की है, जब रूस के जन नेता लेनिन पर उनके कुछ शत्रुओं ने हमला कर दिया था। वह उस हमले में घायल हो गए थे और बिस्तर पर थे। डॉक्टरों ने उन्हें आराम की सख्त हिदायत दी हुई थी। वह अभी पूरी तरह स्वस्थ हो भी नहीं पाए थे कि एक दिन उन्हें समाचार मिला कि देश की सबसे प्रमुख रेल लाइन टूटी हुई है। रेल लाइन की शीघ्र मरम्मत आवश्यक थी। सभी देशभक्त लोग समाचार मिलते ही उनके पास जमा होने लगे। एक ने कहा, "हम लोग वैतनिक मजदूरों पर निर्भर नहीं कर सकेंगे।"

यह सुनकर वहाँ उपस्थित अन्य देशभक्त बोले, "हाँ, हम खुद ही इसे पूरा करेंगे।"

कार्य कठिन था, लेकिन सभी के मन में उत्साह व जोश भरा हुआ था। सभी लेनिन को पसंद करते थे और उनमें राष्ट्रवाद तथा समाज-हित की भावना कूट-कूट कर भरी हुई थी। सब लोगों के साथ मिलकर काम करने से शीघ्र ही रेलवे लाइन को ठीक कर दिया गया। कुछ ही देर में वहाँ पर लोगों की जबरदस्त भीड़ लग गई। सभी इस बात से बेहद रोमांचित थे कि कुछ देशभक्त लोगों ने एकजुट होकर रेलवे लाइन को ठीक कर दिया है।

तभी अचानक वहाँ उपस्थित लोगों की नजर मजदूरों के बीच थके-हारे व बीमार लेनिन पर पड़ी। सभी यह जानकर दंग रह गए कि उन्होंने भी घायल होने के बावजूद मजदूरों के साथ मिलकर काम किया था। लेनिन से जब पूछा गया कि वे यहाँ क्यों आए तो उन्होंने सहजता से जवाब दिया—"अपने साथियों के साथ काम करने।"

एक प्रतिष्ठित नागरिक बोला, "लेकिन साथी भी तो यह काम कर ही सकते थे। दुर्बल शरीर से भारी-भारी लट्ठे ढोने की अपेक्षा जननेता को स्वास्थ्य की चिंता करते हुएं आराम करना चाहिए।"

इस पर लेनिन मुसकराकर बोले, "जो जनता के बीच में न रहे, जनता के कष्टों को न समझे, अपना आराम पहले देखे, उसे भला कौन जन नेता कहेगा।"

□

गुरु की महिमा

साईं बाबा (शिरडी) पहुँचे हुए महात्मा हो गए हैं। उपासनी महाराज उनके शिष्य थे। साईं बाबा से ही उन्हें यह उपदेश मिला था कि गुरु और ईश्वर दोनों अभिन्न हैं और कभी-कभी तो गुरु ईश्वर से भी ज्यादा वंदनीय हो जाता है। गुरु में श्रद्धा और विश्वास रहे तो ईश्वर की कृपा और भक्ति प्राप्त हो जाती है। कबीर ने तो गुरु की महिम ईश्वर से भी ज्यादा बताई है। तभी तो वह कहते हैं कि अगर गुरु और ईश्वर दोनों ही समान हों तो पहले गुरु को ही प्रणाम करना चाहिए।

एक बार नित्य की तरह जब उपासनी महाराज मसजिद की ओर, जिसे साईं बाबा द्वारकामाई कहते थे, भोजन का थाल लेकर जा रहे थे तो रास्ते में उन्हें एक काला कुत्ता दिखाई दिया। वह ललचाई नजरों से थाल की ओर देखने लगा। उपासनी महाराज ने सोचा, पहले गुरुदेव को भोजन दे आऊँ।

जब उपासनी महाराज साईं बाबा के पास पहुँचे तो वे उन्हें देखते ही बोले, ''अरे, इतनी दूर धूप में क्यों आए, मैं तो स्वयं रास्ते में आया था। तुमने मुझे उसी वक्त भोजन क्यों नहीं दिया, तुमने बाद में देने की क्यों सोची?''

उपासनी महाराज सोचने लगे कि साईं बाबा उनके रास्ते में कब आए थे। अचानक उपासनी महाराज को कुत्ते का स्मरण हो आया। वह सोचने लगे कि क्या साईं बाबा अपने भक्तों की परीक्षा लेने के लिए कुत्ते का रूप भी धर सकते हैं। उन्हें उधेड़बुन में पड़ा देख साईं बाबा बोले, ''कुत्ते का वेश मैंने ही धारण किया था। तुम भूल गए कि प्राणिमात्र से आत्मानुभूति ही परमात्मा की प्राप्ति का साधन है।''

उपासनी महाराज को बड़ी ग्लानि हुई कि उन्होंने बाबा को उस रूप में पहचाना नहीं। इसके बाद वे सभी जीवों को समान समझने लगे।

□

गलती का अहसास

यह उन दिनों की बात है, जब प्रख्यात शिक्षाविद् और समाज-सुधारक अश्विनी कुमार दत्त हाई स्कूल में पढ़ते थे। उस समय नियम था कि सोलह से कम उम्र के विद्यार्थी मैट्रिक की परीक्षा में नहीं बैठ सकते। अश्विनी कुमार चौदह वर्ष में ही मैट्रिक में पहुँच गए थे। वह दुविधा में पड़ गए कि आखिर कैसे परीक्षा दें। किंतु जब उन्होंने देखा कि कई कम उम्र के विद्यार्थी अपनी उम्र सोलह वर्ष लिखवाकर परीक्षा में बैठ रहे हैं तो उन्होंने भी ऐसा ही करने का निश्चय किया। उन्होंने अपने आवेदन में अपनी उम्र सोलह वर्ष लिखवाई और परीक्षा में बैठ गए। इस तरह वे मैट्रिक पास हो गए।

इसके ठीक एक वर्ष बाद जब वह कॉलेज की परीक्षा में उत्तीर्ण हुए, तब उन्हें अपने आचरण पर बहुत खेद हुआ और वह ग्लानि से भर उठे। उन्होंने अपने कॉलेज के प्राचार्य से बात की और इस गलती को सुधारने की प्रार्थना की। प्राचार्य ने उनकी सत्यनिष्ठा की बड़ी प्रशंसा की, किंतु इसे सुधारने में असमर्थता जाहिर की। अश्विनी कुमार का मन नहीं माना, तो वह कलकत्ता विश्वविद्यालय के रजिस्ट्रार से मिले, मगर वहाँ से भी उन्हें यही जवाब मिला।

अब कुछ नहीं किया जा सकता था। किंतु अश्विनी कुमार को तो प्रायश्चित्त करना था। उन्होंने एक उपाय सोचा। उन्होंने दो वर्ष झूठी उम्र बढ़ाकर जो लाभ उठाया था, उसके लिए दो वर्ष पढ़ाई बंद रखी और स्वयं द्वारा की गई उस गलती का प्रायश्चित्त किया। बाद में उन्होंने इस बात को दोहराया कि सत्य का आचरण कर व्यक्ति नैतिक रूप से मजबूत होता है।

□

नींव का पत्थर

लाल बहादुर शास्त्रीजी हमारे देश के प्रधानमंत्री थे। निर्धनता की कष्टदायी पीड़ा से उभरकर उन्होंने अपने नैतिक सिद्धांतों के प्रभाव से राजनीतिक प्रसिद्धि पाई। ताशकंद संधिपत्र की घोषणा के साथ 'शांति के दूत' की उपाधि देकर उनकी जय-जयकार की गई थी। जब उनका देहांत हुआ तो उनके पास न कोई मकान, न कोई अचल संपत्ति और न ही धन था। लेकिन उन्होंने अपने पीछे भावी पीढ़ी के लिए नैतिक प्रेरणा धरोहर के रूप में छोड़ी थी। जिस युग में भ्रष्टाचार की बहुलता है और जातिवाद की जड़ें गहरी हैं, उनका आदर्श और साफ-सुथरा जीवन समकालीन भारत और विश्व के लिए उदाहरण है।

शास्त्रीजी ने इलाहाबाद में 'सर्वेंट्स ऑफ दी पीपुल सोसायटी' के सदस्य के रूप में सार्वजनिक जीवन में प्रवेश किया था और लाला लाजपत राय के साथ पूरे समर्पण और तन्मयता के साथ काम किया। उनमें साहस और दृढता प्रचुर मात्रा में थी। सोसाइटी के प्रचार का उनका अपना ढंग था और वे समाचार-पत्रों के जरिए प्रचार में विश्वास नहीं रखते थे।

सोसाइटी के एक सदस्य ने उनसे पूछा, "समाचार-पत्रों में अपना नाम छपवाने से आपको इतना परहेज क्यों है?"

शास्त्रीजी बोले, "मित्र, लाला लाजपतराय के शब्द आज भी मेरे कानों में सुनाई दे रहे हैं। उन्होंने सोसाइटी के लिए दिशा देते हुए कहा था कि लाला बहादुर, ताजमहल में दो तरह के पत्थर लगे हैं। एक बढ़िया संगमरमर है, जिससे मेहराब और गुंबद बने हैं, सारी दुनिया उन्हीं की प्रशंसा करती है। दूसरे हैं नींव के पत्थर, जिनकी कोई प्रशंसा नहीं करता।"

थोड़ी देर के बाद शास्त्रीजी ने विनम्रता से अपनी इच्छा प्रकट की—"मैं नींव का पत्थर ही बने रहना चाहता हूँ।"

क्या आज का कोई नेता शास्त्रीजी के आदर्शों को अपना पाया?

□

उदारता और सहायता

ईश्वरचंद्र विद्यासागर कलकत्ता में पढ़ाते थे। वेतन का उतना ही अंश घर-परिवार पर खर्च करते, जितने में औसत स्तर का गुजारा चल जाता। शेष भाग वे जरूरतमंदों की सहायता पर खर्च कर देते। आजीवन उनका यही व्रत रहा।

एक बार वे बाजार में चले जा रहे थे। एक हताश युवक ने भिखारी की तरह उनसे एक पैसा माँगा। विद्यासागर दानी तो थे, पर सत्पात्र की परीक्षा लिये बिना किसी की ठगी में न आते। उन्होंने युवक से हट्टे-कट्टे होते हुए भी भीख माँगने का कारण पूछा। सारी स्थिति जानने पर उन्हें सही लगा, तो एक पैसा दे दिया और पूछा कि अगर ज्यादा मिल जाए तो क्या करोगे?

युवक ने कहा, ''तब मैं सामान खरीदकर गलियों में फेरी लगाने लगूँगा और अपने पैरों पर खड़ा हो जाऊँगा।''

यह सुनकर विद्यासागर ने उसे एक रुपया और दे दिया और आगे बढ़ गए। फिर एक दिन विद्यासागर उसी रास्ते से गुजर रहे थे कि एक व्यक्ति अपनी दुकान से उतरा और उनके चरणों में गिर पड़ा। विद्यासागर उसे पहचान न पाए। तब उस दुकानदार ने अपना परिचय देते हुए कहा, ''मैं वही व्यक्ति हूँ, जिसे आपने एक रुपया दिया था। उस रुपए से मैंने छोटा व्यापार शुरू कर दिया। काम दिन-ब-दिन बढ़ने लगा। कुछ दिन में मैं बड़ा व्यापारी बन गया। यह दुकान और व्यापार उस एक रुपए की पूँजी का ही चमत्कार है। जो आपने मुझे दिया था।''

यह सुनकर विद्यासागर बहुत खुश हुए। उन्होंने कहा, ''जिस प्रकार तुमने सहायता प्राप्त करके तरक्की की, उसी प्रकार दूसरे जरूरतमंदों को मदद देते रहना। सिर्फ उपकार लेकर ही निश्चिंत नहीं हो जाना चाहिए; उसे दूसरे लोगों तक भी पहुँचाना चाहिए। समर्थ होने की स्थिति में खुद भी उदारता बरतनी चाहिए।''

व्यापारी ने वैसा ही करते रहने का वचन दिया।

□

अपना काम खुद करो

पंडित शांति प्रकाश बहुत बड़े विद्वान्, शास्त्रार्थ के महारथी और कई भाषाओं के जानकार थे। रात-दिन धर्म के कार्य करने में लगे रहते थे। परोपकार करना उनकी जिंदगी का अहम हिस्सा था। लोग उनकी इस महानता की बहुत तारीफ करते थे। एक बार की बात है। वे कहीं प्रवचन करने गए हुए थे। उनके प्रवचन का असर इतना हुआ कि बड़े-बड़े लोग उनकी सेवा के लिए उनसे प्रार्थना करने लगे। पंडितजी ने कहा, ''मेरा काम है भटके हुए लोगों को सही रास्ते पर लाना। इसके बदले में मुझे कुछ भी नहीं चाहिए। मेरे प्रति श्रद्धा रखने के लिए आपका शुक्रिया; लेकिन सेवा की जरूरत मुझे किंचित् भी नहीं है।''

तभी एक बड़े विद्वान् आए और उनकी धोती साफ करने के लिए निवेदन किया। यह सुनकर पंडितजी ने बहुत विनम्रता से कहा, ''मित्र, मेरे प्रति आपकी इस श्रद्धा के लिए शुक्रिया। मैं अपनी धोती खुद साफ कर लेता हूँ। अपना काम दूसरों से तब करवाया जाता है, जब शरीर कार्य करने के काबिल न हो। मैं अभी अपना सारा कार्य खुद कर सकता हूँ।''

यह सुनकर वहाँ मौजूद सैकड़ों लोग उनकी तारीफ के पुल बाँधने लगे। अपनी तारीफ उन्हें थोड़ी भी अच्छी नहीं लगती थी। उन्होंने कहा, ''इसमें तारीफ की तो कोई बात नहीं है। मेरा कार्य ही है, लोगों को धर्म के रास्ते में लाना। ऐसा करके मैं समाज पर एहसान नहीं कर रहा हूँ।''

आज के जमाने में बाबा लोग अपने अनुयायियों से कहकर अपनी सेवा कराते हैं। पंडितजी जैसा स्वभाव ही सच्चे महात्मा का होना चाहिए। महज कपड़ा रँगकर जनता में अपनी शान बढ़ानेवाला संत नहीं होता है। आचार-व्यवहार में सादगी और विनम्रता जितनी ज्यादा हो सके, उतना ही बेहतर होता है। इसी से समाज का वास्तविक सुधार होता है। □

ज्ञान का उपयोग

आयुर्वेद के महान् आचार्य नागार्जुन के पास अनेक विद्यार्थी शिक्षा ग्रहण करते थे। चूँकि चिकित्सा का संबंध सीधा स्वास्थ्य से होता है, अत: इस संवेदनशील विषय का संपूर्ण ज्ञान आवश्यक है। इसीलिए नागार्जुन अपने शिष्यों को हर तरीके से पूर्ण बताते थे।

एक बार उनके दो शिष्यों की शिक्षा पूर्ण हुई तो वे जाने को प्रस्तुत हुए। तब नागार्जुन बोले, ''अभी तुम्हारी अंतिम शिक्षा शेष है। उसमें अगर तुम सफल हुए तो तुम्हें आयुर्वेद की उपाधि प्रदान करूँगा।''

अंतिम परीक्षा के लिए गुरु ने दिन तय किया और उस दिन एक शिष्य को ज्वर की तथा दूसरे को चोट आदि घावों के लिए औषधि तैयार करके लाने को कहा। निर्धारित समय पर दोनों शिष्यों ने औषधियाँ तैयार कीं और गुरु को दिखाने के लिए रवाना हुए।

प्रथम शिष्य को मार्ग में एक आदमी नीचे पड़ा दिखाई दिया, जो भयंकर ज्वर के कारण तड़प रहा था। उस शिष्य ने तत्काल अपने द्वारा तैयार की हुई औषधि उसे पिला दी और उसे घर पहुँचाकर खाली हाथ गुरु के पास पहुँचा।

वहीं दूसरे शिष्य को रास्ते में एक छोटा बालक दिखाई दिया, जिसके हाथ-पैर व अन्य अंगों से खून बह रहा था। उस बच्चे की माँ रोते हुए सहायता के लिए पुकार रही थी; लेकिन इस शिष्य ने उपाधि से वंचित हो जाने के डर से इस घटना की अनदेखी की और बच्चे का उपचार न कर तत्काल गुरु के पास पहुँचा।

नागार्जुन दोनों घटनाओं से अवगत थे। उन्होंने प्रथम शिष्य को उपाधि दी और दूसरे को आश्रम में ही रहने की आज्ञा दी। कथा का सार यह है कि ज्ञान का अवसरानुकूल उपयोग ही उसकी पूर्णता है, न कि उसका औपचारिक प्रमाण-पत्र।

□

परमेश्वर का डर

टालस्टॉय सुबह पाँच बजे चर्च गए। सोचा, वहाँ शांत वातावरण में प्रार्थना सुन सकूँगा, किंतु उन्हें यह देख आश्चर्य हुआ कि उनसे पहले भी एक व्यक्ति वहाँ पहुँच गया है और कह रहा है—'हे परमात्मा मैंने इतने अधिक पाप किए हैं कि मुझे कुछ कहते लज्जा आ रही है। अतः हे भगवन्! मुझ पापी को क्षमा करना।'

टालस्टॉय ने जब यह सुना तो सोचने लगे—'यह आदमी सचमुच ही कितना महान् है कि सच्चे दिल से अपने अपराधों को स्वीकार कर रहा है। यदि किसी अपराधी व्यक्ति को अपराधी कहें तो वह आगबबूला होकर मारने दौड़ता है और एक यह है कि स्वयं ही अपने को अपराधी मान रहा है।'

निकट जाने पर टालस्टॉय उस व्यक्ति को पहचान गए। वह नगर का एक करोड़पति सेठ था। ज्यों ही उसकी दृष्टि टालस्टॉय पर गई, वह घबराकर बोला, "आपने मेरे शब्द सुने तो नहीं?"

टालस्टॉय बोले, "हाँ, सुने तो थे। मैं तो तुम्हारी स्वीकारोक्ति सुनकर धन्य हो गया।"

वह व्यक्ति बोला, "लेकिन तुम यह बात किसी दूसरे से न कहना, क्योंकि ये बातें मेरे और परमेश्वर के बीच की थीं। मैं तुम्हें सुनाना नहीं चाहता था।"

फिर वह व्यक्ति कुछ नाराजगी से बोला, "लेकिन अगर तुमने यह बात किसी को बताई तो मुझसे बुरा कोई न होगा।"

टालस्टॉय यह सुनकर दंग रह गए। बोले, "अरे, अभी-अभी तो तुम कह रहे थे कि…।"

टालस्टॉय की बात बीच में काटते हुए वह व्यक्ति बोल उठा—"हाँ, मगर मैंने जो कुछ कहा था, वह परमात्मा के लिए कहा था, दुनिया के लिए नहीं।"

टालस्टॉय हैरान होकर सोचने लगे कि यह दुनिया कितनी मूर्ख है कि लोगों से डरती है, मगर भगवान् से नहीं। जो आदमी लोगों के सामने अपनी सच्चाई प्रकट नहीं कर सकता, वह भला परमात्मा के समक्ष कैसे सच्चा हो सकता है।

□

चीनी का अभाव

रूस के वर्तमान इतिहास में क्रांतिकारी लेनिन का नाम बड़ा प्रसिद्ध है। वे रूस की राज्य-क्रांति के अग्रगण्यों में से थे। जिस समय रूस के शासन की बागडोर उनके हाथ में थी, उस समय की उनके जीवन की एक बड़ी सुंदर घटना मिलती है। एक दिन उन्होंने कई राज-कर्मचारियों तथा नगर के भद्र पुरुषों को चाय के लिए अपने यहाँ आमंत्रित किया और अपनी धर्मपत्नी को चाय बनाकर लाने के लिए कहा। चाय तैयार की गई। उनकी धर्मपत्नी तीन बार चाय उस कमरे में ले गई, जहाँ मेहमान बैठे हुए थे और तीनों बार ही संकोचवश पीछे लौट गई।

आज्ञा होने पर चौथी बार जब वे चाय लेकर कमरे में गईं तो मारे संकोच और शर्म के चाय परोसने की उनकी हिम्मत नहीं हुई। लेनिन अपनी पत्नी के संकोच को ताड़ गए। जब उनकी पत्नी चौथी बार भी चाय लेकर वापस जाने लगी तो लेनिन ने अपनी पत्नी को संबोधित करते हुए कहा, ''यदि चाय में चीनी नहीं है तो कोई संकोच की बात नहीं है, फीकी चाय ही अच्छी है। यही मेहमानों को दी जाए।''

आज्ञा का पालन किया गया। दूसरे दिन एक धनी व्यक्ति ने यह खयाल करके कि लेनिन के घर में चीनी का अभाव है, एक बोरी चीनी उनके घर भेज दी। लेनिन की पत्नी बड़ी प्रसन्न हुईं और लेनिन से कहा, ''देखो परमात्मा ने बिना माँगे स्वयं चीनी भेज दी।''

धर्मपत्नी की इस बात पर लेनिन मुसकराए और आज्ञा दी कि इस चीनी के बोरे को सरकारी भंडार में जमा करा दो। यह सुनकर लेनिन की धर्मपत्नी आश्चर्यचकित रह गईं और लेनिन के इस धर्मभाव की चर्चा सर्वत्र फैल गई।

एक आम आदमी और महापुरुष में आखिर यही तो अंतर होता है, न कि आम आदमी जहाँ छोटी-मोटी चीजों को भी अपनी इज्जत से जोड़ लेता है, वहीं एक महापुरुष महान् उद्‌देश्यों के प्रति अपना जीवन समर्पित कर देता है। लेनिन वास्तव में एक संत की तरह थे, जिन्हें अपनी चिंता नहीं रहती थी।

□

धर्म और चमत्कार

बात उस समय की है, जब गौतम बुद्ध राजगृह में थे। वहाँ एक दिन किसी व्यक्ति ने बहुमूल्य चंदन के एक रत्नजड़ित प्याले में शराब भरकर उसे ऊँचे खंभे में टाँग दिया और उसके नीचे लिख दिया—''जो कोई साधक, सिद्ध या योगी इस शराब को बिना किसी सीढ़ी या अंकुश के चमत्कारिक यंत्र या यौगिक शक्ति से उतार लेगा, मैं उसकी समस्त इच्छाएँ पूर्ण करूँगा।''

कुछ दिनों के बाद उस स्थान पर कश्यप नाम का एक भिक्षु पहुँचा और उसने किसी युक्ति से प्याला उतार लिया। यह चमत्कार देखकर वहाँ भीड़ एकत्र हो गई। कुछ देर बाद भीड़ बुद्ध के पास पहुँची। सभी एकत्र लोगों ने उनकी प्रशंसा करते हुए कहा, ''आप निःसंदेह महान् हैं, क्योंकि आपके एक शिष्य ने मात्र एक हाथ उठाकर ऊँचे खंबे पर टँगा शराब का प्याला उतार दिया।''

बुद्ध यह सुनते ही तत्काल उठे और विहार के कश्यप के पास पहुँचे। उन्होंने उस रत्नजड़ित प्याले को तोड़ दिया और शिष्यों से बोले, ''मैं तुम लोगों को इन चमत्कारों के प्रदर्शन के लिए बार-बार मना करता हूँ। यदि तुम्हें इस तरह के चमत्कार ही आकर्षित करते हैं तो मैं तुम्हें धर्म की कोई जानकारी नहीं दूँगा। इस तरह के करतब दिखाकर लोगों को कोई भी चमत्कृत कर सकता है, पर धर्म का यह उद्देश्य नहीं है। धर्म का मकसद मनुष्य की सेवा है, उसे दुःखों से मुक्त कराना है; उसका उत्थान करना है। इतने बड़े लक्ष्य को छोड़कर तुम सब छोटे लक्ष्य के पीछे भाग रहे हो।''

शिष्य बुद्ध का आशय समझ गए। उस दिन से उन्होंने चमत्कारों से दूर रहने का वचन दिया।

□

सच्चा शासक

एक बार सम्राट् अशोक ने अपने जन्मदिन पर सर्वश्रेष्ठ शासक का पुरस्कार देने का निर्णय किया। उसके अधीनस्थ प्रांतों के सभी शासन प्रमुखों को संदेश भेज राजदरबार में उपस्थित होने का निर्देश दिया। सभी शासक नियत समय पर राजदरबार में आए। अशोक ने उन्हें अपनी उपलब्धियों के बारे में बताने को कहा। एक शासक ने कहा कि मेरे शासनकाल में राज्य की आय दुगुनी हो गई है। दूसरे ने बताया कि मेरे शासनकाल में स्वर्ण मुद्राओं के भंडार स्थापित हो गए हैं। किसी ने कहा कि मैंने आधुनिक शास्त्रास्त्रों के निर्माण की व्यवसथा की है।

इस प्रकार सबने अपनी-अपनी सफलता गिनाई। लेकिन अंत में एक शासक ने सकुचाते हुए कहा, "न तो मेरे राजकोष में स्वर्ण मुद्राओं के भंडार लगे हैं, न ही आय दुगुनी हुई है और न ही आधुनिक शस्त्र इकट्ठे हुए हैं। मेरे शासनकाल में तो राजकोष कम हो गया है, क्योंकि पिछले दिनों मैंने अपनी प्रजा को अधिक-से-अधिक सुविधा दिए जाने के आदेश दिए हैं। मैंने राजकोष का धन पाठशालाएँ और चिकित्सालय खुलवाने में लगा दिया है। मेरे राज्य में वृक्ष लगाने पर भी काफी खर्च किया गया है। युवाओं को रोजगार दिलाने का प्रयास किया गया। इससे प्रजा प्रसन्न है और मैं उसे देखकर संतुष्ट हूँ। इसके अलावा मेरी कोई उपलब्धि नहीं है।"

यह सुनकर सम्राट् अशोक ने उस शासक को तत्काल विजेता घोषित करते हुए कहा, "वास्तव में तुम ही सच्चे व सर्वश्रेष्ठ शासक हो, क्योंकि एक शासक का सर्वप्रमुख कर्तव्य अपनी प्रजा को सुखी बनाना और उसकी जीविका के समस्त साधन उपलब्ध कराना है। दूसरे शासकों ने वह सबकुछ हासिल करने की कोशिश की, जिससे राजसत्ता ताकतवर बने। राज्यतंत्र शक्तिशाली हो और प्रजा कमजोर, यह मुझे स्वीकार नहीं है। तुमने मेरे आदर्शों को आत्मसात् किया है, इसका मुझे संतोष है। दूसरे शासकों को भी इस पर ध्यान देना चाहिए।"

यह सुनकर सभी शासकों के सिर शर्म से झुक गए।

□

दोस्ती की राह

एक बार डेल कार्नेगी रेडियो पर लिंकन के विषय में बोलते हुए उनकी जन्मतिथि गलत बता गए। अगले दिन अनेक श्रोताओं के गुस्से से भरे खत उनके पास पहुँचे। एक खत में तो उनके लिए अनेक अपशब्द लिखे थे। नाराज होकर कार्नेगी ने भी उस श्रोता को काफी कड़ा पत्र लिख डाला, लेकिन रात होने के कारण वह खत भेज नहीं पाए।

सुबह उन्हें लगा कि खत में बहुत अधिक अपशब्द लिख दिए गए हैं। उन्होंने फिर से खत लिखना शुरू किया। पढ़ने पर उन्होंने पाया कि उस खत में लिखे गए शब्द पहलेवाले खत से विनम्र थे। उन्होंने सोचा कि क्यों न एक दिन और रुक जाऊँ।

अगले दिन उन्होंने सोचा कि उस श्रोता ने जवाब माँगा ही नहीं है तो फिर मैं उसे बेवजह नाराजगी भरा खत लिख रहा हूँ। उन्होंने खत को रद्दी की टोकरी में डाल दिया। दो-तीन दिन बाद उन्हें खयाल आया कि वह उस श्रोता को अपना मित्र बना सकते हैं। उन्होंने श्रोता को अपनी ओर से दोस्ती भरा पत्र लिखा।

जवाब में उस श्रोता ने अपने पहले खत के लिए क्षमा माँगी और कहा कि गलती किसी से भी हो सकती है।

इस पर डेल कार्नेगी ने लिखा—'समय बीत जाने पर हमारा उबाल कम हो जाता है। इसलिए हमें तत्काल प्रतिक्रिया देने से बचना चाहिए। इससे अनेक अप्रिय स्थितियों और टकरावों को रोका जा सकता है। यदि मैंने उसी दिन उस पत्र का जवाब दे दिया होता तो मैं एक व्यक्ति को अपना दुश्मन बना बैठता, जबकि आज वह मेरा मित्र है।'

□

सादा भोजन

पूर्व प्रधानमंत्री लालबहादुर शास्त्री सादगीपूर्ण जीवन के लिए प्रसिद्ध थे। उन्हें किसी भी तरह का दिखावा या आडंबर पसंद नहीं था। वे मानकर चलते थे कि जनता के लिए काम करनेवाले नेताओं को उसी तरह रहना चाहिए, जिस तरह आम आदमी रहता है। उन्हें यथासंभव अपनी सुविधाओं का त्याग कर देना चाहिए। स्वतंत्रता आंदोलन के दौरान जेल में भी शास्त्रीजी बिल्कुल सादगी के साथ रहते थे। राजनैतिक कैदी होने के कारण उनको जेल प्रशासन की ओर से कुछ विशेष सुविधाएँ उपलब्ध कराई जाती थीं, जिनमें से एक उनकी भोजन की थाली भी थी। लेकिन शास्त्रीजी वह विशिष्ट थाली स्वयं न खाकर अपने अन्य कैदी साथियों में बाँट दिया करते थे और स्वयं आम कैदियों को मिलनेवाला साधारण भोजन ही उनके साथ बैठकर किया करते थे। इस दौरान वे उनका हालचाल भी पूछ लेते थे।

जब जेलर को इस बात का पता चला तो वह उनके पास जाँच के लिए आया और बोला, ''महाशय, यह जेल प्रशासन की ओर से आपके लिए बनाया गया भोजन होता है; मगर आप इसे औरों को बाँट देते हैं। आखिर आप ऐसा क्यों करते हैं?''

जेलर की बात सुनकर शास्त्रीजी बोले, ''मुझे यहाँ सदा के लिए तो रहना नहीं है। आज यहाँ मिलनेवाला अच्छा भोजन मुझे बाहर तो मिलनेवाला नहीं है, फिर क्यों इसे खाकर मैं अपना स्वाद और आदत खराब करूँ। मेरे लिए यह सादा भोजन ही छप्पन भोग समान है।''

यह कहकर शास्त्रीजी जेल का साधारण खाना खाने लगे। जेलर भी उनके प्रति नतमस्तक हो गया।

□

सत्य का पालन

इंग्लैंड की लोकप्रिय महारानी विक्टोरिया के बचपन की एक घटना है। विक्टोरिया को पढ़ाने के लिए एक अध्यापिका प्रतिदिन महल में आती थी। एक दिन विक्टोरिया ने पढ़ने से मना कर दिया। अध्यापिका ने काफी समझाया, परंतु विक्टोरिया नहीं मानी। उसका मन पढ़ने में नहीं था, सो किशोर बालिका विक्टोरिया जिद्द पर उतर आई कि आज मैं हरगिज नहीं पढ़ूँगी।

साथ वाले कमरे में विक्टोरिया की माँ लुईसा ने यह बात सुनी तो आकर उन्होंने विक्टोरिया को डाँटकर पूछा, ''क्यों नहीं पढ़ोगी?''

अध्यापिका बीच में ही बोली, ''डाँटिए मत, शायद इसने मेरी बात नहीं सुनी।''

यह सुनते ही विक्टोरिया बोली, ''आप ऐसा क्यों कहती हो, मैडम? आपने तो दो बार पढ़ने को कहा, मैंने ही मना कर दिया।''

बेटी का उत्तर सुनकर माँ गद्गद हो गई और उसे हृदय से लगाकर बोली, ''तू आज बेशक मत पढ़, लेकिन जीवन भर सत्य बोलने की आदत मत छोड़ना।''

विक्टोरिया पर भी माँ की बात का गहरा प्रभाव पड़ा। उसने जीवन भर सच बोलने की कसम खाई और उसका पालन भी किया। तभी तो वह लोकप्रिय महारानी विक्टोरिया के नाम से प्रसिद्ध हुई।

□

प्रेम का संदेश

पोलैंड के दार्शनिक थे—ट्वायिंस्की। वे अपने विचारों के लिए बहुत प्रसिद्ध थे। एक दिन जोरों से बारिश हो रही थी। ट्वायिंस्की को किसी जरूरी काम से जाना था। जब वे घर से निकले, तो एक कुत्ता कहीं से भीगता हुआ उनके पास पहुँचा और उनके प्रति स्नेह जताने लगा। ट्वायिंस्की ने भी प्रेम का जवाब प्रेम से दिया और उसे दुलारने लगे।

उसी समय ट्वायिंस्की के एक मित्र वहाँ आ पहुँचे। उन्हें भी ट्वायिंस्की के साथ जाना था। वे यह दृश्य देखकर चकित हुए कि ट्वायिंस्की कुत्ते के साथ खेल रहे हैं और कुत्ता उनकी ओर उछल-उछलकर उनके कपड़ों को गंदा कर रहा है। उसने ट्वायिंस्की से थोड़ा खिन्न होकर कहा, ''मित्र, आप भी गजब के आदमी हैं। अभी हमें जरूरी काम से निकलना है और आप इस कुत्ते से खेलने में लगे हुए हैं। यह आपके कीमती कपड़ों को गंदा कर रहा है और आप इसे भगाने के बदले प्यार कर रहे हैं।''

मित्र की बात सुनकर ट्वायिंस्की ने मुसकराते हुए कहा, ''मित्र, यह कुत्ता आज मुझे पहली बार मिला और इसने बड़ी आत्मीयता प्रकट की। इसकी भावनाएँ प्रशंसनीय हैं। यदि मैं अपने कीमती वस्त्रों के मोह में इसे हटा दूँ तो इसकी आत्मीयता को बहुत ठेस लगेगी। इसके प्यार के सामने कीमती कपड़ों का कोई मूल्य नहीं। कपड़े तो फिर मिल जाएँगे। रहा काम तो, वह भी कभी हो ही जाएगा। लेकिन यह आत्मीयता क्या दोबारा हासिल हो सकती है ? प्रत्येक प्राणी भगवान् की कृति है, इसलिए सभी में ईश्वर का वास मानकर उसके प्रति स्नेह व्यक्त करना चाहिए।''

□

अनोखा फैसला

न्यूयॉर्क के प्रसिद्ध मेयर ला गार्डिया, जो अपनी सहृदयता और सुप्रबंधन के लिए बहुत प्रसिद्ध थे, को पुलिस मुकदमों में बड़ी दिलचस्पी थी, क्योंकि उनसे उन्हें नगर की वास्तविक स्थिति की जानकारी प्राप्त हो जाती थी। इसीलिए वे प्राय: पुलिस के मुकदमों की अध्यक्षता किया करते थे और उस दौरान अदालत से कभी अनुपस्थित नहीं रहते थे।

एक दिन उनके न्यायालय में एक चोर उपस्थित किया गया। उसका अपराध था कि उसने एक रोटी चुराई थी। जब अभियुक्त से उन्होंने चोरी करने का कारण पूछा तो अभियुक्त ने अपने बचाव में सिर्फ एक ही वाक्य कहा—''मेरा परिवार भूखा था, अत: मैं चोरी करने के लिए मजबूर था।''

मेयर के लिए यह एक तरह से चौंकानेवाली बात थी, क्योंकि इसके पहले किसी भी अपराधी ने अपना जुर्म इस साफगोई से कबूल नहीं किया था। उन्होंने फैसला सुनाया—''चूँकि अभियुक्त ने चोरी की है, इसलिए मैं उस पर दस डॉलर का जुरमाना करता हूँ।''

यह फैसला सुनाकर उन्होंने अपनी जेब से दस डॉलर निकालकर अभियुक्त को दे दिए और कहा, ''यह रहा तुम्हारा जुरमाना।'' फिर वे गंभीर स्वर में उपस्थित लोगों से बोले, ''साथ ही अदालत में उपस्थित हर व्यक्ति पर पचास सेंट (आधा डॉलर) जुरमाना करता हूँ, क्योंकि वह ऐसे समाज में रहने का महान् अपराध करता है, जिसमें एक बेबस इनसान को रोटी चोरी करने के लिए मजबूर होना पड़ता है।''

दुनिया के इतिहास में यह एक अनोखा फैसला था, जिसके न्यायिक महत्त्व को आज भी स्वीकार किया जाता है। कहने की आवश्यकता नहीं कि मनुष्य परिस्थितियों का दास होता है।

□

उदासी का कारण

अब्राहम लिंकन ने बहुत गरीब परिवार में जन्म लिया था। अत्यंत निर्धनता की स्थिति में भी उन्होंने किसी तरह मेहनत-मजदूरी करते हुए अपनी पढ़ाई पूरी की और अमेरिका के राष्ट्रपति बने। वह अपनी देश की जनता के बीच काफी लोकप्रिय थे। इतने ऊँचे पद पर पहुँचकर भी उनमें काफी विनम्रता थी, लेकिन उनके चेहरे पर अकसर उदासी छाई रहती थी।

एक दिन उत्सुकतावश एक महिला ने साहस करके उनसे उनकी उदासी का कारण पूछ ही लिया। लिंकन कुछ देर चुप रहे, फिर गहरी साँस लेकर बोले, ''कितना अच्छा होता कि आप मुझसे यह प्रश्न न पूछतीं। जब मैं छोटा ही था तो मैं अपनी माँ के स्नेह से वंचित हो गया। मेरी माँ बहुत धर्मपरायण और संस्कारी थीं। वह मेरी माँ की सीख थी कि पहले दूसरों के बारे में विचार करो और बाद में अपने बारे में सोचो। मैं यही करता हूँ। आज मुझमें जो कुछ अच्छाई नजर आ रही है, उसका श्रेय केवल मेरी माँ को जाता है। इतनी अच्छी माँ को बचपन मे खोकर आज तक उसे भुला नहीं पाया हूँ और इसी कारण दुःखी रहता हूँ। लगता है, मेरा यह दुःख जीवन के समाप्त होने के साथ ही जाएगा। आप नहीं जानतीं कि अमेरिका का सबसे अधिक सुखी समझा जानेवाला आदमी अंदर से कितना दुःखी है।''

लिंकन यह कहते-कहते बहुत भावुक हो गए और कुछ अधिक न बोल सके। लिंकन की बात सुनकर वह महिला शांत हो गई और मन-ही-मन उनकी माँ की प्रशंसा करती चली गई।

□

आनंद का अर्थ

एक बार सिकंदर महान् ने आश्चर्य प्रकट करते हुए डायोजनीन से पूछा, ''डायोजनीन, क्या मैं जान सकता हूँ कि तुम इतने आनंदित क्यों हो? इतने बेफिक्र क्यों हो? इतने आराम से क्यों हो?''

डायोजनीज ने प्रश्न के उत्तर में सिकंदर से उल्टा प्रश्न किया—''सिकंदर, मान लो कि तुमने सारा विश्वजीत लिया है, तुम विश्व विजेता बन गए हो, अब बताओ तुम क्या करोगे?''

सिकंदर को तत्काल कोई जवाब नहीं सूझा, आज तक उसने कभी भी इस बारे में तो सोचा तक न था कि विश्वविजय करने के बाद मैं क्या करूँगा? वह थोड़ा ठिठका। उसने कुछ देर तक सोचा। फिर सोचकर उसने कहा, ''डायोजनीज, उसके बाद मैं भी तुम्हारी तरह आनंदित होऊँगा और आराम करूँगा।''

डायोजनीज हँसा, हँसता ही रहा। फिर कुछ देर बाद बोला, ''सिकंदर, अगर तुम इस तरह बेफिक्र हो, आनंदित हो, आराम ही करना चाहते हो तो उसमें अभी क्या अड़चन है? वह तो तुम अभी इसी समय से कर सकते हो। उसके लिए तुम्हें किसने कहा कि पहले विश्वविजय करनी होगी। तुम चाहो तो अभी, इसी समय मेरे साथ बैठकर बेफिक्र हो आराम कर सकते हो, आनंदित हो सकते हो। आनंद का असली अर्थ मन की शांति है, धन-दौलत नहीं।''

□

जीवनरूपी जागीर

तर्क शास्त्र के महान् पंडित रामनाथ नवद्वीप के वन में एक गुरुकुल चलाते थे। उस समय कृष्णनगर में महाराज शिवचंद्र का शासन था। उन्होंने जब पंडित रामनाथ की कीर्ति सुनी, तो उनसे मिलने गए। पंडितजी अपनी छोटी सी झोंपड़ी में शांत भाव से विद्यार्थियों को पढ़ा रहे थे। महाराज को देख पंडित रामनाथजी ने उनका उचित स्वागत-सत्कार किया। कुशल-क्षेम पूछने के बाद कृष्णनगर नरेश ने उनसे पूछा, ''पंडित प्रवर, मैं आपकी क्या मदद करूँ?''

रामनाथजी ने कहा, ''राजन्, भगवत्कृपा ने मेरे सारे अभाव मिटा दिए हैं, मैं संतुष्ट हूँ।''

राजा शिवचंद्र बोले, ''विद्वत् वर, मैं घर के खर्चे के बारे में पूछ रहा हूँ।''

रामनाथजी मुसकराए। फिर शिवचंद्र की मनःस्थिति को भाँपकर बोले, ''घर के खर्चों के बारे में तो गृहस्वामिनी ही अधिक जानती हैं। उन्हीं से पूछ लें।''

राजा शिवचंद्र पंडितजी के घर गए और उनकी पत्नी से पूछा, ''माताजी, घर खर्च के लिए कोई कमी तो नहीं है?''

इस पर उस परम साध्वी ने कहा, ''महाराज, भला सर्व समर्थ परमेश्वर के रहते उनके भक्तों को क्या कमी रह सकती है? पहनने को कपड़े हैं, सोने के लिए बिछौना है। पानी रखने के लिए मिट्टी का घड़ा है। खाने के लिए विद्यार्थी ले आते हैं। झोंपड़ी के बाहर जमीन में साग-भाजी हो जाती है। और भला क्या जरूरत होगी?''

यह सुनकर शिवचंद्र ने कहा, ''फिर भी हम आपको कुछ गाँवों की जागीर देना चाहते हैं। इसकी आय से गुरुकुल भी ठीक तरह से चल सकेगा और आपके जीवन में भी कोई अभाव नहीं रहेगा।''

पंडितजी की पत्नी बोली, ''राजन्, प्रत्येक मनुष्य को परमात्मा ने जीवन रूपी जागीर पहले से ही दे रखी है। जो जीवन की इस जागीर को भली प्रकार सँभालना सीख जाता है, उसे फिर किसी चीज का कोई अभाव नहीं रह जाता।''

यह सुनकर राजा का मस्तक श्रद्धा से झुक गया।

□

दर्शन

दक्षिण भारत में बल्लारी नाम का एक छोटा सा राज्य था। एक बार महाराज शिवाजी की सेना ने उस पर आक्रमण किया। बल्लारी के सैनिक जी-जान से लड़े, पर संख्या में कम होने के कारण हार गए। जो सैनिक मारे गए, उनकी ससम्मान अंत्येष्टि कर दी गई, बाकी बंदी बना लिये गए। बंदी बनाए लोगों में राज्य के अधिकारी और मंत्री आदि भी थे। सेनानायक ने बल्लारी की महारानी मलबाई को भी गिरफ्तार कर लिया था।

जब शिवाजी को उनके बारे में सूचना दी गई तो कुछ क्षण के लिए वे भौंचक्के से रह गए। फिर उन्होंने मलबाई को सम्मानपूर्वक लाने की आज्ञा दी। जब उन्हें सम्मान सहित लाया जा रहा था तो मलबाई को बुरा लगा। उन्होंने शिवाजी से कहा, ''मैं इस सम्मान को अपमान से भी ज्यादा बुरा समझती हूँ। इस समय मैं बंदी हूँ, लेकिन मेरी आत्मा स्वतंत्र है, उसकी आप हथकड़ी-बेड़ियाँ बाँध नहीं सकते। आप मुझे एक हारे हुए शत्रु के नाते मृत्यु-दंड दें।''

शिवाजी ने मलबाई के इस उत्तर को अहोभव से सुना। वे गद्‌गद हुए और सिंहासन से उतरकर उनके पास गए। स्वयं उनका अभिवादन किया और बंधन खोले। फिर कहा, ''आप जैसी वीरांगनाओं का मैं अपमान नहीं कर सकता। मेरी माता जीजाबाई का हाल ही में देहावसान हो गया है। मैं आपके व्यक्तित्व में उन्हीं की वीर प्रकृति का दर्शन कर रहा हूँ और अब से मैं ही नहीं, यह राज्य भी सदैव आपको माता के समान मानेगा।''

यह सुनकर मलबाई के नेत्र स्नेहवश भर आए, उसने कहा, ''तुम वास्तव में छत्रपति हो, तुमसे अवश्य ही धर्म और देश की रक्षा होगी।''

□

तीन शिक्षाएँ

गौतम बुद्ध ने 29 वर्ष की आयु में दुःखों से मुक्ति प्राप्त करने का उपाय ढूँढ़ने के लिए अपने परिवार और गृहस्थ जीवन को छोड़ दिया। निरंतर चिंतन-मनन के बाद 35 वर्ष की आयु में उन्होंने इसका रास्ता खोज भी लिया। 45 वर्ष तक उन्होंने लगातार अपने विचारों का प्रचार किया।

जब उनका अंत समय आया, वह एक वृक्ष के नीचे लेट गए और मृत्यु की प्रतीक्षा करने लगे। उस समय उनका केवल एक ही शिष्य उनके पास था—आनंद। आनंद ही लंबे समय से बुद्ध की सेवा कर रहा था। आनंद ने सोचा कि बुद्ध का अंत समय निकट है। अगर यह बात पास के गाँव में रहनेवाले बुद्ध के शिष्यों को न बताई जाए तो वे नाराज होंगे, इसलिए उसने सब लोगों को बुद्ध के बारे में बता दिया।

आनंद के यह बताने पर लोग बुद्ध का दर्शन करने उस वृक्ष के पास पहुँचने लगे। आसपास के इलाकों में इस बात की चर्चा फैल गई। एक व्यक्ति अपनी जिज्ञासा के समाधान के लिए काफी उत्सुक था। वह भोलाभाला ग्रामीण था और दुनियादारी को ढंग से नहीं जानता था, फिर भी उसके मन में एक जिज्ञासा थी, जिसे लेकर वह परेशान था।

बुद्ध ने उसे अपने पास बुलाया। उस ग्रामीण ने हाथ जोड़कर बुद्ध से जीते-जी मुक्ति पाने का मार्ग बताने की प्रार्थना की। बुद्ध ने ग्रामीण से कहा, ''जीते-जी जन्म-मरण से मुक्ति प्राप्त करना चाहते हो तो जीवन में तीन बातें याद रखो और इन बातों पर अमल भी करो।''

ग्रामीण बुद्ध की ये बातें ध्यान से सुनने लगे। बुद्ध ने कहा, ''पहली बात है पापों से, जहाँ तक संभव हो, बचो। दूसरी बात है, जीवन में जितने भी पुण्य कर्म कर सकते हो, करो। तीसरी बात है, अपना मन, चित्त निर्मल रखो।''

ये शब्द कहते ही बुद्ध ने अपने प्राण त्याग दिए। बुद्ध की इन तीन शिक्षाओं को अपनाकर ग्रामीणों ने जीते-जी मुक्ति का मार्ग पाया। ये तीन शिक्षाएँ मानवता के लिए अमूल्य देन हैं।

□

श्लोक की कीमत

महाकवि भारवि ने अपनी मृत्यु के पूर्व एक श्लोक लिखा, जिसका भाव है—'सहसा कोई कार्य मत करो। अविवेक भीषण विपदा का कारण होता है। गुण के लोभ में लक्ष्मी स्वयं आकर विवेकशील जनों का वरण करती है।' श्लोक लिखने के बाद भारवि ने उसे अपनी पत्नी को सौंप दिया।

दैवयोग से कुछ समय बाद भारवि की मृत्यु हो गई और उनकी पत्नी को आर्थिक समस्याओं ने घेर लिया। घर में और कुछ था नहीं, मजबूर होकर वे भारवी के लिखे उस श्लोक को ही लेकर बाजार में बेचने के लिए पहुँची। यह भी एक संयोग ही था कि उधर नगरसेठ ने घोषणा कर रखी थी कि बाजार में जो वस्तु बिकने से वंचित रह जाएगी, उसे वह स्वयं खरीद लेगा। शाम हो गई, पर किसी ने वह श्लोक खरीदने में रुचि नहीं दिखाई। बाजार खत्म होने के बाद बिकने से बचा रह गया वह श्लोक खरीदने के लिए सेठ भारवि की पत्नी के पास पहुँचे, पर कीमत बीस स्वर्ण मुद्राएँ सुनकर सन्न रह गए। प्रश्न प्रतिष्ठा का था, सो अनमने भाव से उसे खरीद लिया और शोभा के लिए उसे बड़े-बड़े स्वर्ण अक्षरों में लिखवाकर अपने शयनकक्ष में टँगवा दिया।

कुछ दिनों बाद सेठ की पत्नी गर्भवती हुई। लेकिन उसी समय अचानक सेठ को व्यापार के प्रयोजन से दूसरे देश जाना पड़ा। वहाँ कारोबार के सिलसिले में उसे लंबे समय तक रुकना पड़ा। कुछ वर्षों बाद जब सेठ वापस लौटा तो घर में अपनी पत्नी को एक किशोर के साथ लेटा हुआ पाया। वह घृणा और क्रोध से भर उठा। म्यान से तलवार निकालकर उन्हें मारने बढ़ा, तभी उसकी नजर दीवार पर टँगे भारवि के श्लोक पर पड़ी। श्लोक का मर्म समझकर उसने पहले पत्नी से पूछना उचित समझा तो बोला, "यह कौन है ?"

पत्नी खुशी से भरे सो रहे किशोर के सिर पर हाथ फेरते हुए बोली, "आपका पुत्र।"

नगर सेठ सोचने लगा, बीस स्वर्ण मुद्राओं में खरीदे इस श्लोक ने आज मुझे सर्वनाश से बचा लिया।

□

अनुशासन का पाठ

यह उन दिनों की बात है, जब डॉ. जाकिर हुसैन जामिया मिलिया इस्लामिया की हालत सुधारने में जुटे थे। एक दिन उन्होंने शिक्षकों से कहा, ''हम चाहते हैं कि हमारे छात्र अनुशासन का पालन करें। वे साफ-सफाई पर ध्यान दें। उनके कपड़े साफ-सुथरे हों। उनके जूतों पर अच्छी तरह पॉलिश हो। इससे विश्वविद्यालय का शैक्षणिक माहौल बेहतर होगा।''

अगले दिन उन्होंने इसके लिए एक नोटिस जारी किया। फिर छात्रों को मौखिक आदेश भी दिया। कुछ दिन बाद अध्यापकों ने उनसे कहा, ''हम लोगों ने कई बार प्रयास किया, मगर छात्रों पर कोई असर नहीं पड़ा। इसके लिए कठोर कारवाई की जरूरत है।''

जाकिर हुसैन बोले, ''नहीं, कठोर कारवाई का छात्रों पर गलत असर पड़ेगा।'' लेकिन उन्होंने तय कर लिया कि वे अपना मकसद किसी भी कीमत पर हासिल करके रहेंगे।

अगले दिन सुबह-सुबह छात्रों ने विश्वविद्यालय के गेट पर एक व्यक्ति को बैठे देखा, जो सबसे जूते पॉलिश करवाने को कह रहा था। कुछ छात्रों ने उससे जूते पॉलिश करवाए। उस शख्स ने पैसे नहीं लिये और कहा कि यह यूनिवर्सिटी की तरफ से कराया जा रहा है। इस पर कुछ और छात्र पॉलिश करवाने लगे।

तभी एक छात्र ने पॉलिश करनेवाले का चेहरा गौर से देखा तो उसके होश उड़ गए। वे तो जाकिर हुसैन थे। पूरे विश्वविद्यालय में हड़कंप मच गया। बाकी छात्र जहाँ थे, वहीं रुक गए। किसी की समझ में नहीं आ रहा था कि अब किया क्या जाए। उसी समय कुछ वरिष्ठ छात्र, जो विश्वविद्यालय का माहौल खराब करने में सबसे आगे रहते थे, उनके पास गए और कहने लगे—''हमसे बहुत बड़ी गलती हुई। आज से आप जैसा कहेंगे, हम लोग वैसा ही करेंगे। हमें माफ कर दीजिए।''

जाकिर हुसैन बोले, ''तुम लोग अभी से अनुशासन का मखौल उड़ाओगे तो आगे चलकर तुम्हें परेशानी होगी। हम चाहते हैं कि यहाँ के छात्रों से दूसरे लोग कुछ सीखें।''

उसके बाद विश्वविद्यालय का माहौल पूरी तरह बदल गया।

□

ईमानदारी का पाठ

दादा साहब मावलंकर कानून की पढ़ाई पूरी करके वकालत पूरी कर चुके थे। उन दिनों कानून से संबंधित एक सरकारी पत्रिका निकलती थी, जिसका वार्षिक मूल्य साढ़े बाईस रुपए था। लेकिन कानून के छात्रों को यह पत्रिका रियायती दर पर दस रुपए में मिलती थी। मावलंकर को पत्रिका की जरूरत थी, लेकिन उनकी आमदनी इतनी कम थी कि पत्रिका के लिए साढ़े बाईस रुपए खर्च करना भी कठिन था। इस बात को कानून पढ़ रहे उनके मित्र जानते थे।

एक दिन उनके एक दोस्त ने दादा को लिखा—'मान्यवर! मैं जानता हूँ कि यह पत्रिका आपके लिए बहुत उपयोगी है। मुझे वह पत्रिका दस पैसे में मिलेगी। इसलिए उस पत्रिका को अपने नाम से खरीदकर आपको भेज दिया करूँगा।' दादा साहब ने पत्र पढ़ा। मित्र की यह भावना देखकर उनका मन खुश हो गया। उन्हें पत्रिका की आवश्यकता तो थी ही, इसलिए मित्र को दस रुपए भेजने के लिए तैयार हो गए, मगर जब उसे पत्र लिखने बैठे तो उनके मन में यह सवाल उठा कि थोड़े पैसे बचाने के लिए क्या ऐसा करना ठीक होगा?

उन्होंने मित्र को लिखा—'मेरे प्रति तुम्हारी सद्भावना से मुझे खुशी हुई है। लेकिन मैंने तय किया है कि पत्रिका खरीदकर ही पढ़ूँगा, आखिर इस पत्रिका से होनेवाली आय सरकारी खजाने में जाएगी। उसी पैसे से विकास-कार्य चलाया जाएगा हम चाहें तो दूसरे मदों पर भी पैसे बचाकर अपना योगदान सार्वजनिक कोष में कर सकते हैं। इसलिए अभी भले मैं न पढ़ पाऊँ, पर इस पत्रिका को मैं समय आने पर पूरी कीमत देकर खरीदूँगा। तुमसे भी कहता हूँ कि भविष्य में कभी इस तरह का कोई काम न करना।'

मित्र ने लिखा—'आपने एक लाइन में मुझे वह पाठ पढ़ाया है, जो मुझे पूरी जिंदगी कभी पढ़ने को नहीं मिलता। न जाने कहाँ से मेरे मन में गलत खयाल आया। इसके लिए मैं आपसे क्षमा माँगता हूँ।'

□

अद्‌भुत माँग

प्रख्यात संत बाबा गुलाब चंद्र अघोरी अपने अद्‌भुत चमत्कारों के लिए प्रसिद्ध थे। उनके चमत्कार देखकर लोग दाँतों तले अंगुली दबा लेते थे। लोगों को लगातार चमत्कार दिखाते-दिखाते बाबा ने उनमें महारथ हासिल कर ली। इससे उनमें अभिमान आ गया। उन्हें अहसास हो गया कि वे कुछ भी कर सकते हैं। वे जिन लोगों से मिलते, अपने चमत्कारों व अपनी सिद्धियों की चर्चा जरूर करते।

एक दिन बाबा गुलाब चंद्र संत साहित्य के लेखक सुदर्शन सिंह 'चक्र' की एक कविता पढ़कर गद्‌गद हो उठे। चक्रजी की कविता से बेहद प्रभावित होकर उन्होंने उनसे कहा, "आज तुम जो माँगोगे, वही मिलेगा। माँगो, दिल खोलकर माँगो।"

चक्रजी बोले, "नहीं बाबा, मुझे कुछ नहीं चाहिए। बस मैं भगवान् की भक्ति तथा साहित्य की साधना करता रहूँ, यही मेरी इच्छा है।"

चक्रजी के यह कहने पर भी बाबा बार-बार उनसे आग्रह करते रहे और बोले, "आज मैं अपनी ओर से पहली बार आग्रह कर रहा हूँ। नहीं माँगोगे तो बाद में पछताओगे।"

यह सुनकर चक्रजी ने कहा, "बाबा, मैं जो मागूँगा, उसे आप दे पाओगे या नहीं, पहले यह विचार कर लीजिए।"

इस पर बाबा बोले, "नहीं, तुम जो माँगोगे वह अवश्य मिलेगा, मैं तुमसे वायदा करता हूँ।"

चक्रजी बोले, "बाबा, अगर ऐसी बात है तो आप मझे यह आशीर्वाद दीजिए कि भारत में जितने रोगी हैं, वे सब नीरोगी हो जाएँ, जो दरिद्र हैं, वे दरिद्र न रहें।"

चक्रजी की अद्‌भुत माँग सुनकर बाबा हैरान हो गए और फूट-फूटकर रोने लगे। वे चक्रजी के सामने नतमस्तक होकर बोले, "आज तुमने मेरा अभिमान नष्ट कर दिया। आज मुझे यह पता चल गया है कि मनुष्य सभी कुछ करने की क्षमता नहीं प्राप्त कर सकता। चाहे वह कितनी ही सिद्धियाँ प्राप्त कर ले, वह अक्षम ही रहेगा। सर्व सक्षम तो केवल ईश्वर है।"

बाबा की बात सुनकर चक्रजी वहाँ से चले गए।

□

सुख की खोज

एक बार भगवान् बुद्ध श्रावस्ती की मृगारमाता के पूर्णाराम प्रासाद में विश्राम कर रहे थे। निरंतर प्रवास और धर्म देशनाओं के कारण थोड़ी थकावट अनुभव हो रही थी। भगवान् बुद्ध ने नियम भी तो ऐसे कड़े बनाए थे। सुबह, दोपहर और अपराह्न के समय शिक्षण शिष्यों के लिए व्यक्तिगत परामर्श और नागरिकों का अलग-अलग समस्याओं पर मार्गदर्शन। फिर वे भिक्षा के लिए भी निकलते। इस तरह व्यस्त दिनचर्या में आराम बिल्कुल नहीं मिल पाता था। श्रावस्ती में रुके तो मृगारमाता विशाखा ने उनकी देख-रेख और सेवा का पूरा प्रबंध कर दिया था।

कोसलराज प्रसेनजित् के यहाँ विशाखा का कोई काम अटका हुआ था। संभवत: उद्योग व्यवसाय से संबंधित था। उसके कारण उन्हें चैन नहीं मिल रहा था। बुद्ध के अतिथि बनने का अनुरोध करते हुए सोचा यह था कि तथागत की उपस्थिति में वह कुछ धर्म-चर्चा का लाभ लेगी। रुका हुआ काम इतना महत्त्वपूर्ण था कि वह धर्म-चर्चा में भाग नहीं ले पाई। उस चर्चा के समय ही विशाखा को प्रसेनजित् के पास जाना पड़ा।

प्रसेनजित् ने इस बार भी टालमटोल कर दी। विशाखा वहाँ से निराश लौटी। दोपहर की चिलचिलाती धूप में वैसे ही विशाखा सीधे भगवान् बुद्ध के पास पहुँची और उन्हें प्रणाम कर एक ओर बैठ गई। उसके चेहरे पर उदासी स्पष्ट दिखाई दे रही थी।

अंतर्यामी तथागत ने उसकी व्यथा को शायद समझ लिया था। उन्होंने खिन्नवदन विशाखा की ओर देखा और हँसते हुए बोले, ''इसीलिए मैं कहता हूँ कि अपनी इच्छाएँ बढ़ानी नहीं, कम करनी चाहिए। इच्छाओं की पूर्ति में जो पराधीनता है, वह दु:ख है।''

विशाखा ने कहा, ''तो फिर भगवन्! ऐसा भी कोई उपाय है, जिससे अपनी इच्छाएँ कम की जा सकें।''

बुद्ध बोले, ''हाँ भंते! अवश्य है, यदि सुख की खोज अपने भीतर करने लगें तो इच्छाओं की निस्सारता अपने आप प्रकट होने लगती है। हम संसार के लिए उद्योग तो करेंगे, लेकिन बाधाएँ व्यथित नहीं करेंगी।''

□

स्वाभाविक गुण

आजादी के बाद देश के प्रधानमंत्री जवाहरलाल नेहरू इंग्लैंड गए। वहाँ उनकी मुलाकात ब्रिटेन के प्रधानमंत्री विंस्टन चर्चिल से हुई। चर्चिल और नेहरूजी एक-दूसरे से गर्मजोशी से मिले। वे काफी देर तक बातें करते रहे। सुखद माहौल में पुरानी यादें ताजा हुईं। चर्चिल ने नेहरूजी से उनके वर्तमान अनुभवों और भविष्य की योजनाओं के बारे में पूछा। अचानक वे चुप हो गए और थोड़ी देर बार उन्होंने सकुचाते हुए पूछा, ''आप हमारी जेल में अनेक वर्ष रहे। हमारे अधिकारियों ने आपके साथ अभद्र व्यवहार भी किया। कई तरह से कष्ट पहुँचाया। आपके मन में हम लोगों के प्रति जरूर नफरत होगी।''

नेहरूजी ने मुसकराते हुए कहा, ''बात यह नहीं कि मैं आपकी जेलों में कितने वर्ष रहा या आप लोगों ने हमारे साथ कैसा व्यवहार किया। हमारी आजादी का नेतृत्व महात्मा गांधी जैसे महान् नेता ने किया। उन्होंने हमें दो बुनियादी बातें बताईं। एक यह कि किसी से मत डरो और किसी से घृणा मत करो। हम जब आपके खिलाफ लड़ रहे थे तो हम आपसे बिल्कुल नहीं डर रहे थे और जब हम आजाद हो चुके हैं, हम आपसे नफरत भी नहीं करते। वैसे भी हमारी लड़ाई किसी राष्ट्र विशेष या समुदाय विशेष के प्रति नहीं थी। हम तो आपकी साम्राज्यवादी नीतियों से लड़ रहे थे। अब भारत आजाद हो चुका है, हम अपने बुनियादी मूल्यों और सिद्धांतों के साथ आगे बढ़ना चाहते हैं।''

नेहरूजी की बात सुनकर चर्चिल उनका मुँह ताकते रह गए। नेहरूजी अपनी बातों से दुनिया के बड़े-से-बड़े नेताओं को निरुत्तर कर देते थे। अपनी बात को दृढता से रखना उनका स्वाभाविक गुण था।

□

त्याग और साहस

यूनान के महान् विद्वान् दिदरो के पास एक युवक आया और बोला, ''मैं एक लेखक हूँ और मैंने एक पुस्तक लिखी है। मैं चाहता हूँ कि छपने से पहले आप उसे एक बार भली प्रकार देख लें और अपनी प्रतिक्रिया मुझे बताएँ।''

दिदरो ने उसे अगले दिन आने के लिए कहा। दूसरे दिन जब वह लेखक आया तो दिदरो ने कहा, ''मुझे बड़ी खुशी है कि तुमने मुझे लक्ष्य बनाकर अपनी पुस्तक में मेरा खूब मजाक उड़ाया है और मुझे बहुत गालियाँ दी हैं। लेकिन जरा यह तो बताओ कि इससे तुम्हें क्या लाभ होगा?''

युवक बोला, ''अभी मुझे अच्छी तरह लिखना नहीं आता है, अतः मेरी पुस्तक को कोई प्रकाशक छापने के लिए तैयार नहीं होगा। मुझे मालूम है कि आपके अनेक दुश्मन हैं और यदि मैं आपका मजाक उड़ानेवाली पुस्तक लिखूँ तो मुझे अच्छा पैसा मिल सकता है।''

दिदरो ने कहा, ''यह तुमने बहुत ही अच्छा किया है। एक काम और करो। यह पुस्तक छापने के लिए तुम्हें पैसा चाहिए। उसका एक उपाय है। एक व्यक्ति से मेरा धर्म के विषय में गहरा मतभेद है। तुम यह पुस्तक उसे समर्पित कर दो। वह प्रसन्न होकर तुम्हें अवश्य ही आर्थिक सहायता करेगा। तुम उसके नाम एक शानदार समर्पण पत्र लिखो।''

युवक ने कहा, ''मुझे समर्पण पत्र लिखना नहीं आता।''

दिदरो ने कहा, ''मैं ही तुम्हें अच्छा समर्पण पत्र लिख देता हूँ।'' यह कहकर उन्होंने उसी समय समर्पण पत्र लिखकर युवक को दे दिया, जिससे उस युवक का काम सरल हो गया।

कथा का सार यह है कि स्वयं की कीमत पर दूसरों की मदद करना त्याग और साहस की संयुक्त मिसाल है।

□

नैतिकता का पाठ

प्रसिद्ध भारतीय चिकित्सक चरक विभिन्न रोगों के सटीक उपचार में सिद्धहस्त थे। वे निरंतर इस दिशा में शोध करते रहते थे। शोध के परिणामस्वरूप अस्तित्व में आई विभिन्न औषधियों का स्वयं निर्माण करते और उनसे रोगियों का उपचार करते। राजा की ओर से उन्हें यह छूट थी कि वे अपने शोध-कार्य के लिए किसी भी खेत अथवा बाग से वनस्पति या फूल ले सकते हैं।

एक दिन वे अपने शिष्यों के साथ औषधियों की तलाश में जंगल की ओर जा रहे थे। मार्ग में उन्हें एक खेत में कुछ पुष्प दिखाई पड़े। लेकिन खेत की मेंड़ पर जाकर वे रुक गए। उनके शिष्यों ने उन्हें असमंजस में देखकर पूछा, ''इन पुष्पों को तोड़ने में किसी को क्या आपत्ति हो सकती है? हम तोड़ लाते हैं।''

शिष्यों की बात सुनकर चरक बोले, ''ऐसा कदापि न करना। जब तक इस खेत के स्वामी से पूछ न लें, तब तक एक पुष्प भी तोड़ना पाप है।''

शिष्यों ने कहा, ''लेकिन गुरुदेव! आपको तो राजा की आज्ञा है, फिर खेत के स्वामी से पूछने की आपको क्या आवश्यकता है?''

चरक बोले, ''राजाज्ञा के बाद भी खेत के स्वामी की आज्ञा जरूरी है। यही नैतिकता का तकाजा है, वरना कोरी नैतिकता का क्या औचित्य?'' ऐसा कहकर खेत के स्वामी की स्वीकृति मिलने पर ही उन्होंने पुष्प तोड़े।

चरक की नैतिकता सिखाती है कि अपनी विशिष्ट अधिकार-संपन्नता के अहंकार से मुक्त रहकर दूसरों के अधिकारों का सम्मान करना चाहिए। अधिकारों का दुरुपयोग व्यक्तिगत प्रतीक्षा के हनन के साथ समाज में अराजकता फैलाना है; जबकि उनका विवेकशील उपयोग सुखद नैतिक वातावरण का निर्माण करता है।

□

अतिथि की सेवा

आचार्य विनोबा भावे की माँ सहृदय और दयालु थीं। वे शुरू से ही विनोबाजी को अच्छी शिक्षा व संस्कार देने में जुटी थीं। विनोबाजी भी बचपन में अन्य बच्चों की तरह ही शरारती थे। एक दिन विनोबाजी की पड़ोसिन को किसी जरूरी काम से बाहर जाना पड़ा। उस पड़ोसिन का भी एक छोटा बच्चा था। वह बच्चे को उस स्थान पर नहीं ले जा सकती थी। इसलिए उसके सामने समस्या आ खड़ी हुई कि बच्चे को कहाँ पर छोड़े? जब वह बात विनोबाजी की माँ को मालूम हुई तो उन्होंने बच्चे को अपने यहाँ छोड़ने के लिए कहा। पड़ोसिन को विनोबाजी की माँ के सरल हृदय, ममता व प्रेम पर पूरा विश्वास था। इसलिए वह बच्चे को उनके पास छोड़कर चली गई।

बच्चा विनोबाजी के साथ खेलने में मस्त हो गया। एक माँ का समान स्नेह और सद्भाव दोनों बच्चों पर बराबर रहा। जब खाने का समय हुआ और माँ भोजन पकाकर दोनों बालकों को देने लगी तो विनोबाजी को अपनी माँ के स्वभाव में कुछ अंतर नजर आया। उन्होंने देखा कि माँ उन्हें सूखी रोटियाँ दे रही है, जबकि पड़ोसी बालक को घी से चुपड़कर रोटियाँ अपने हाथों से खिला रही है। यह देखकर वे माँ से बोले, ''माँ, तुम मेरी माँ हो, लेकिन तुम मुझे तो सूखी रोटियाँ दे रही हो और इसे घी की रोटियाँ दे रही हो। आखिर ऐसा भेदभाव क्यों?''

विनोबाजी की बात सुनकर माँ बोली, ''बेटा, घर में इतना घी नहीं कि दोनों को दे सकूँ। तू तो मेरा बालक है। पर वह तो भगवान् का बच्चा है। अतिथि को भगवान् कहते हैं। इसलिए भगवान् के बच्चे में और अपने बच्चे में कुछ तो अंतर होना ही चाहिए। हमें कष्ट सहकर भी अतिथि को सुख देना चाहिए।''

माँ की भावना विनोबाजी समझ गए और इस प्रकार बचपन से ही उनके व्यक्तित्व में श्रेष्ठ संस्कारों और सद्विचारों का समावेश हो गया।

□

सुख का मार्ग

राजा विक्रमादित्य के राज्य में एक सदाचारी व संतोषी ब्राह्मण रहता था। वह निर्धन था। स्त्री की प्रेरणा से धन-प्राप्ति के लिए घर से निकला तो जंगल में एक महात्मा से भेंट हुई। उन्होंने उसे चिंतित और दु:खी देखा तो उसका कारण पूछा। ब्राह्मण ने अपनी समस्या सामने रखी। महात्मा ने उसकी व्यथा ध्यान से सुनी और आश्वासन दिया कि अब तुम्हें परेशान नहीं होना पड़ेगा। उन्होंने विक्रमादित्य को पत्र लिखा कि तुम्हारी इच्छा पूर्ति का अब समय आ गया है। अपना राज्य इसी ब्राह्मण को देकर यहाँ चले आओ।

ब्राह्मण ने वह पत्र दरबार में जाकर विक्रमादित्य को दिया। विक्रमादित्य ने पत्र पढ़ा, तो बड़ी प्रसन्नता हुई और ब्राह्मण को राज्य सौंपने की तैयारी की। ब्राह्मण ने राजा को राज्य त्याग के लिए इतना उत्सुक और अत्यंत आनंदविभोर देखा तो सोचने लगा कि जब राजा ही राज्य सुख को लात मारकर योगी के पास जाने में आनंद अनुभव कर रहे हैं, तो योगी के पास अवश्य ही कोई राज्य से भी बड़ा सुख है। अत: उसने राजा से कहा, ''महाराज, मैं अभी महात्माजी के पास पुन: जा रहा हूँ। लौटकर राज्य लूँगा।''

यह कहकर ब्राह्मण योगी के पास लौट आया और बोला, ''भगवन्! राजा तो राज्य त्यागकर आपके पास आने के लिए उतावले और हर्ष विभोर हो गए हैं। इससे मुझे लगा कि आपके पास राज्य से भी बड़ी कोई वस्तु है, मुझे वही दीजिए।''

ब्राह्मण की बात सुनकर महात्मा ने प्रसन्न होकर समझाया—''सच्चा सुख संतोष और संपत्ति के त्याग में है। लालसाओं का कोई अंत नहीं है। एक बार कोई इनसे मुक्त हो जाए तो उसे जो आनंद मिलता है, वह संसार का सारा वैभव प्राप्त कर लेने पर भी नहीं मिलता। सुख वस्तुओं के पीछे भागने में नहीं, उनकी इच्छाओं को वश में रखने में है।''

□

मनुष्य का धर्म

यह उन दिनों की बात है, जब इब्राहम लिंकन अमेरिका के राष्ट्रपति थे। अमेरिकी सेना की एक टुकड़ी में एक युवक काम करता था। उसका काम पहरा देना था। वह बहुत ही परिश्रमी और ईमानदार था। सेना की उसी टुकड़ी में युवक का एक करीबी मित्र भी काम करता था। एक बार युवक का मित्र बीमार पड़ गया। मित्र के घर में कोई नहीं था। अब युवक को दो-दो काम सँभालने पड़ते थे। दिन में वह बीमार मित्र की सेवा-टहल में लगा रहता और रात में पहरेदारी करता था।

एक दिन जब वह पहरा दे रहा था तो अत्यधिक थकान के कारण उसे नींद आ गई और वह ड्यूटी पर ही सो गया। कुछ ही देर में वह सोता हुआ पकड़ लिया गया। युवक को गिरफ्तार कर लिया गया और उसके खिलाफ सैन्य अदालत में मुकदमे की काररवाई शुरू हो गई। युवक ने किसी प्रकार इब्राहम लिंकन के पास प्रार्थना-पत्र भेजकर निवेदन किया कि उसे क्षमा किया जाए। उसने अपने प्रार्थना-पत्र में लिखा कि मित्र की सेवा में लगे रहने के कारण ही ड्यूटी में उदासीनता हुई है।

युवक के पत्र का लिंकन पर बड़ा प्रभाव पड़ा। उन्होंने उस युवक से मिलने की इच्छा जताई। युवक से मिलकर वह बोले—"तुम जानते थे, यदि तुम दिन में मित्र की सेवा करोगे, तो रात में पहरे पर जरूर सो जाओगे। फिर भी तुमने अपने मित्र की सेवा क्यों की?"

युवक बोला—"वह मेरा मित्र है श्रीमान्। घर में उसकी देखभाल के लिए कोई नहीं था। एक मनुष्य का यह परम धर्म है कि जब उसका कोई अपना संकट में पड़े, तब वह उसकी सहायता अवश्य करे।"

लिंकन युवक के उत्तर से बहुत अधिक प्रसन्न हुए। उन्होंने युवक को क्षमादान देते हुए कहा, "देखो, जब तक तुम सेना में काम करो, अपनी मनुष्यता को कभी मत भूलना। मनुष्य को कभी भी अपनी मनुष्यता को नहीं छोड़ना चाहिए।"

लिंकन की क्षमाशीलता ने युवक को सच्चा सैनिक बना दिया।

□

लेनदार

छात्र-जीवन में स्वामी रामतीर्थ को दूध बड़ा प्रिय था। वे एक हलवाई से प्रतिदिन दूध पिया करते थे। एक बार पैसों की तंगी होने से एक महीने तक दूध का दाम हलवाई को नहीं दे पाए। इसके कुछ ही दिनों के पश्चात् उनकी लाहौर के फोरमैन क्रिश्चियन कॉलेज में अध्यापक के पद पर नियुक्ति हुई और उन्हें नियमित वेतन मिलने लगा। तब वे प्रतिमाह हलवाई को मनीऑर्डर से रकम भेजने लगे।

संयोग से हलवाई को लाहौर जाना पड़ा और उसकी मुलाकात स्वामीजी से हुई। तब वह हाथ जोड़कर बोला, ''गोसाईजी, आपसे एक ही महीने का पैसा आना था, मगर आप तो पिछले छह-सात महीने से बराबर पैसे भेजे जा रहे हैं। मैंने आपका सब पैसा जमा कर रखा है। वह मैं आपको लौटा दूँगा, किंतु अब आप पैसा न भेजा करें।''

स्वामीजी ने मुसकराकर कहा, ''भैया! मैं तुम्हारा बड़ा आभारी हूँ। उस वक्त तुमने जो मुझ पर कृपा की, उससे मेरा स्वास्थ्य बना रहा। इसी कारण मैं इतना काम कर सकता हूँ। तुम्हारा कर्जा न तो अदा कर पाया हूँ और न ही जीवन भर अदा कर पाऊँगा।''

कुछ देर रुककर उन्होंने आगे कहा, ''जो मनुष्य लेकर देना नहीं चाहते, वे 'राक्षस' कहलाते हैं। जो व्यक्ति जितना लेते हैं, उतना नाप-तौल कर देते हैं, वे 'मनुष्य' हैं। जो जितना लेते हैं, उससे कई गुना देते हैं और यह सोचते हैं कि हमने अहसान का बदला कहीं अधिक चुका दिया, वे 'देवता' के बराबर होते हैं, लेकिन जो थोड़ा लेकर सदा उसका अहसान मानते हैं और उसे बिना नाप-तौल के चुकाने का प्रयास करते हैं, वे ब्रह्मत्व को प्राप्त होते हैं और भगवान् की पदवी पाते हैं। इसलिए भाई! मैं तो 'भगवान्' बनने का प्रयास कर रहा हूँ, क्योंकि तुमने मुझे दिया है और तुम्हारी बदौलत ही कदाचित् प्रभु ने मुझे इस योग्य बनाया है।''

□

सच्ची मानवता

एक बार लाल बहादुर शास्त्री ने बिहार के कुछ लोगों को प्रधानमंत्री निवास पर मिलने का समय दिया। संयोग से उसी दिन एक विदेशी अतिथि के सम्मान में एक कार्यक्रम का आयोजन हो गया और शास्त्रीजी को वहाँ जाना पड़ा। वहाँ से लौटने पर उन्हें विलंब हो गया। बिहार से आए लोग उनकी प्रतीक्षा में बैठे रहे। काफी समय बीत गया। आखिरकार निराश होकर वे लोग वहाँ से चल दिए। उनके जाने के कुछ ही देर बाद शास्त्रीजी लौट आए। आते ही उन्होंने अपने सचिव से पूछा, ''बिहार से कुछ लोग मुझसे मिलने आनेवाले थे, क्या वे आ चुके हैं?''

सचिव बोला, ''वे आए तो थे, लेकिन आपकी प्रतीक्षा करने के बाद अभी-अभी यहाँ से निकल गए।''

यह सुनकर शास्त्रीजी परेशान हो गए। उन्होंने सचिव से पूछा, ''कुछ मालूम है कि वे लोग कहाँ गए हैं?''

सचिव ने कहा, ''वे कह रहे थे कि सामने के स्टॉप से बस पकड़नी है।''

शास्त्रीजी तुरंत बस स्टॉप की ओर लपके। यह देखकर सचिव बोला, ''श्रीमान् यह आप क्या कर रहे हैं? कोई देखेगा तो क्या कहेगा? ऐसा है तो मैं ही उन्हें बसस्टॉप से बुला लाता हूँ।''

शास्त्रीजी बोले, ''नहीं, अब तो मुझे ही जाना पड़ेगा। मुझे विलंब के लिए उनसे क्षमा भी माँगनी है और क्षमा माँगने का इससे अच्छा तरीका और क्या होगा कि मैं खुद बसस्टॉप पर जाकर उन्हें बुला लाऊँ।''

इसके बाद शास्त्रीजी तेजी से बसस्टॉप पर पहुँचे। उन्होंने देखा कि वहाँ पर बिहार से उनके अतिथि मुँह लटकाए खड़े थे। शास्त्रीजी ने उनसे क्षमा माँगी और उन्हें वापस ले आए। अतिथियों में से एक ने कहा, ''दिल्ली में वैसे तो बहुत कुछ देखा, लेकिन हम यह कभी नहीं भूलेंगे कि हमारे प्रधानमंत्री के भीतर सच्ची मानवता है।''

□

मन की भावना

एक बार विनोबाजी बंगाल के तत्कालीन राज्यपाल श्री आर.आर. दिवाकर से मिलने गए, साथ में अन्य लोग भी थे। अँधेरा हो चुका था, अतः कुछ स्पष्ट दिखाई नहीं दे रहा था। बहरहाल, चलते-चलते ही राजभवन के प्रांगण में एक मूर्ति देख उन्होंने पूछा, ''यह किसकी मूर्ति है ?''

बाकी लोग तो चुप ही रहे, मगर एक साथी ने अनजाने में कह दिया—''महात्मा गांधी की।''

चूँकि मूर्ति ठीक से दिखाई नहीं दे रही थी, इसलिए जब विनोबाजी ने उस साथी की बात सुनी तो उन्होंने उस मूर्ति का अभिवादन किया और उनकी प्रदक्षिणा कर प्रसन्नता से आगे बढ़े।

लौटते समय अन्य लोग तो सहजता से चले, लेकिन उस मूर्ति को महात्मा गांधी की प्रतिमा बतानेवाला व्यक्ति मूर्ति के पास ठिठक गया और ध्यान से उसे देखने लगा। उस व्यक्ति को धीरे-धीरे समझ में आ गया कि जिस मूर्ति को उसने महात्मा गांधी की मूर्ति बताया था, वह तो जार्ज पंचम की मूर्ति है। वह दौड़ता हुआ विनोबाजी के पास पहुँचा और उनसे बोला, ''क्षमा करें, मैंने अज्ञानतावश इस मूर्ति को गांधीजी की मूर्ति बता दिया था; जबकि वास्तव में यह जॉर्ज पंचम की मूर्ति है।''

जब विनोबाजी ने उसकी सारी बात सुन ली तो उससे बोले, ''पहली बार जब मैंने इस मूर्ति को महात्मा गांधी की मूर्ति समझकर प्रणाम किया था, उस समय इसमें बापू की पवित्र आत्मा विद्यमान थी। मेरी गोचर दृष्टि तेज नहीं है, लेकिन भावना अवश्य ही विशाल है। यह मूर्ति चाहे किसी की भी हो, लेकिन मैंने तो गांधीजी की प्रतिमा जानकर ही उसे प्रणाम किया और उसकी प्रदक्षिणा की। इससे कोई फर्क नहीं पड़ता कि, वह मूर्ति किसकी है, बात भावना की है। आप तो जानते ही हैं कि 'जाकी रही भावना जैसी, प्रभु मूरति देखिन तिन तैसी'।''

□

सहजता का संदेश

मर्लिन दीत्रिच अंग्रेजी और फ्रेंच फिल्मों की प्रख्यात पार्श्व गायिका थीं। उनके शहरों में उनके कार्यक्रम होते रहते थे। दुनिया भर में उनके प्रशंसक थे। इतनी लोकप्रियता के बावजूद मर्लिन को अभिमान छू भी नहीं गया था। वे बहुत ही मिलनसार और सहज स्वभाव की थीं। इस कारण से भी लोग उन्हें ज्यादा पसंद करते थे। उनके मधुर व्यवहार और मानवीय गुणों की हर जगह तारीफ होती।

एक बार मर्लिन अपना कार्यक्रम प्रस्तुत करने पेरिस गईं। एक नामी हॉल में उनका कार्यक्रम था। संक्षिप्त भूमिका व स्वागत के बाद मर्लिन को मंच सौंप दिया गया। तभी हॉल में किसी बच्चे का रोने का स्वर गूँज उठा। श्रोताओं को गायन सुनने में बाधा होने से बड़ी खीझ हुई। स्वयं मर्लिन ने भी थोड़ी देर बाद गाना बंद कर दिया। बच्चे की माँ ने बच्चे को चुप कराने का काफी प्रयास किया, मगर बच्चा चुप नहीं हुआ। आखिर शर्मिंदगी के कारण वह महिला उठकर बाहर जाने लगी।

तभी माइक पर मर्लिन का मधुर स्वर गूँज उठा—''कृपया बाहर मत जाइए, बच्चे को यों ही छोड़ दीजिए।''

यह सुनकर महिला वहीं रुक गई। फिर मर्लिन ने माइक पर जो गीत गाया, वह एक अत्यंत भावपूर्ण व मधुर लोरी थी; जिसे सुनकर बच्चा सो गया। उसके बाद मर्लिन ने उपस्थित श्रोताओं के लिए कई गाने गाए।

कार्यक्रम खत्म होने के बाद मर्लिन से अखबार के संवाददाताओं ने इस प्रकरण के बारे में पूछा।

मर्लिन ने मुसकराकर कहा, ''बच्चों की गतिविधियों से कभी परेशान नहीं होना चाहिए। ऐसी बाधाओं का तो आनंद लेना चाहिए।''

इस घटना के बारे में जिसने सुना, उसने मर्लिन की तारीफ की।

□

कामयाबी का राज

हेनरी फोर्ड संसार के अग्रणी उद्योगपति थे। उन्होंने अपनी लगन व मेहनत से विश्व में एक अलग पहचान बनाई और अमेरिका में फोर्ड मोटर कंपनी की स्थापना की। उनके नाम पर बनी फोर्ड कार को अभूतपूर्व लोकप्रियता मिली। एक भारतीय उद्योगपति भारत में मोटर कार का कारखाना लगाना चाहते थे। वह हेनरी फोर्ड को इतने कम समय में मिली सफलता से बेहद प्रभावित थे। इसलिए वह कारखाना खोलने से पहले एक बार उनसे मिलकर उनकी कामयाबी का राज जानना चाहते थे। इसके लिए वह अमेरिका पहुँचे और हेनरी फोर्ड से मिलने के लिए समय लिया।

हेनरी फोर्ड ने उन्हें कहा कि वह शाम छह बजे उनके निवास पर आकर मिल सकते हैं। इतनी जल्दी समय मिलने पर उद्योगपति बेहद खुश हुए और वह निश्चित समय पर उनके घर पहुँचे। वहाँ उन्होंने देखा कि एक व्यक्ति अपने खाने के बरतन साफ कर रहा था। बरतन साफ करने के बाद वह भारतीय उद्योगपति की तरफ देखकर बोला, ''बैठिए, मुझे ही हेनरी फोर्ड कहते हैं।''

यह सुनकर उद्योगपति आश्चर्यचकित रह गए। उन्होंने कहा, ''आप इतने बड़े व्यक्ति होकर बरतन स्वयं साफ कर रहे थे। यह काम तो एक नौकर भी कर सकता है।''

उद्योगपति की बात सुनकर हेनरी फोर्ड मुसकराते हुए बोले, ''मैं शुरू में साधारण आदमी था। अपना काम स्वयं करता था। अपने कठोर परिश्रम के कारण ही मैं आज कारखानों का मालिक बन पाया हूँ। मैं उन दिनों को भूलकर खुद पर गर्व न करूँ, इसलिए अपना काम स्वयं करता हूँ और सही मायने में यही मेरी सफलता का राज है। सफल होने के लिए सादगी व ईमानदारी का होना बहुत जरूरी है।''

भारतीय उद्योगपति हेनरी फोर्ड की कामयाबी का राज समझ गए और उनके सामने नतमस्तक होकर वापस आ गए। रास्ते में उन्होंने संकल्प लिया कि वे भी अपने कार्य में पूर्ण ईमानदारी बरतेंगे तथा सादगीपूर्ण जीवन गुजारेंगे। जल्दी ही उद्योगपति (टाटा) ने भारत में अपनी अलग पहचान बना ली।

□

सच्ची सेवा

वाचस्पति मिश्र का विवाह अल्पायु में ही हो गया था। जब वे विद्या अर्जित करके घर वापस लौटे तो उन्होंने अपनी माता से वेदांत दर्शन पर टीका लिखने की आज्ञा माँगी। जब वे टीका लिखने लगे तो उन्होंने अपनी माता से कहा कि जब तक टीका पूरी न हो जाए, तब तक मेरा ध्यान भंग न किया जाए।

माता चूँकि काफी बूढ़ी हो चुकी थी, सो उन्होंने अपने पुत्र की साहित्य-साधना में सहयोग करने के लिए अपनी पुत्रवधू भामती को बुला लिया। भामती ने पति गृह में प्रवेश करते ही वाचस्पति मिश्र की सेवा और उनकी समस्त आवश्यकताओं का दायित्व अपने ऊपर ले लिया।

कुछ समय पश्चात् माताजी का देहांत हो गया। भामती तन-मन से पति की सेवा में लीन रही। वाचस्पति मिश्र साहित्य-साधना में ऐसे लीन रहे कि उन्हें इस बात का बोध ही नहीं हो पाया कि उनकी सेवा कौन कर रहा है। समय बीतता गया और इस तरह तीस वर्ष की अवधि बीत गई।

एक शाम दीपक का तेल खत्म हो गया और वाचस्पति मिश्र का ग्रंथ भी पूरा हो गया। दीपक के बुझने से भामती को बड़ा दु:ख हुआ; उसने सोचा कि वाचस्पति को लिखने में नाहक बाधा पड़ी। वह अन्य काम छोड़कर जल्दी-जल्दी दीपक में तेल डालने लगी। अपने रचना कार्य से अभी-अभी मुक्त हुए साहित्यकार ने जब अपनी पुस्तक से सिर ऊपर उठाया तो सामने खड़ी नारी को देखा। यह तो माँ नहीं है, फिर हमारे अध्ययन कक्ष में कौन है। ऐसा सोचकर उन्होंने आदरपूर्वक पूछा, ''हे देवी, आप कौन हैं ?''

नजरें झुकाकर सामने खड़ी नारी ने कहा, ''हे देव! मैं आपकी पत्नी हूँ।''

सह सुनकर वाचस्पति मिश्र जैसे सघन निद्रा से जागे और पूछ बैठे—''देवी, तुम्हारा नाम क्या है ?''

उसने उसी तरह से सकुचाते हुए कहा, ''मेरा नाम भामती है।'' वाचस्पति मिश्र उसके त्याग और सेवाभाव से इतने प्रभावित हुए कि उन्होंने तत्क्षण कलम

उठाई और तीस वर्षों तक कठिन मेहनत करके जिस अप्रतिम ग्रंथ की रचना की थी, उस पर लिख दिया—'भामती'। लेकिन जगत् में वाचस्पति के तप की कीर्ति फैली, भामती का त्याग अनजाना ही रहा।

□

अन्न की कीमत

एक बार सम्राट् विक्रमादित्य अपने मंत्री के साथ कहीं जा रहे थे। उनके आगे-आगे एक किसान बैलगाड़ी पर धान की बोरियाँ रखकर अपने घर जा रहा था। उसकी किसी बोरी में कहीं छेद था, जिससे धान के कुछ दाने रास्ते में गिरते जा रहे थे। सम्राट् ने दाने देखकर अपने मंत्री से कहा, ''मंत्रीजी, रथ रोको। रास्ते में हीरे बिखरे पड़े हैं।''

मंत्री ने चारों तरफ देखा, फिर बोला, ''महाराज, यहाँ तो कहीं हीरे दिखाई नहीं पड़ते। आपको भ्रम हुआ है।''

सम्राट् तुरंत रथ से उतरे और धान के एक-एक दाने को चुन-चुनकर अपने साफे में रखने लगे। यह देख मंत्री को आश्चर्य हुआ। उसने कहा, ''महाराज, हमारे खाद्य-भंडार अनाज से भरे पड़े हैं। राज्य में अनाज की कोई कमी नहीं है। आप ऐसा क्यों कर रहे हैं?''

विक्रमादित्य बोले, ''यह धान का दाना नहीं, हीरे के कण हैं। यदि हम एक-एक दाने का अनादर करने लगेंगे तो एक दिन वह समय भी आ सकता है, जब हमारे खाद्य-भंडार खाली हो जाएँ।''

मंत्री बोला, ''महाराज, लेकिन एक-एक दाने से कोई फर्क पड़नेवाला नहीं है। अनाज के इतने दाने तो किसान के खेत में गिरकर सड़ जाते हैं।''

विक्रमादित्य बोले, ''ये धान के दाने नहीं अन्नपूर्णा हैं। अन्नपूर्णा को पैरों के तले इसी तरह रोंदा गया तो एक दिन हम अन्न को तरस जाएँगे। जिस तरह एक-एक बूँद से समुद्र भरता है, उसी तरह एक-एक दाने के संरक्षण से ही हमारे अन्न के भंडार भरते हैं।''

मंत्री और सम्राट् की बातचीत किसान के कानों में पड़ी, वह अपनी बैलगाड़ी रोककर सम्राट् के पास आया और बोला, ''राजन्, हम किसान हैं और अन्न से ही हमारी पहचान है, लेकिन हम अनाज का मूल्य नहीं समझते, क्योंकि हमारी सोच अपने परिवार तक सिमटी हुई है। लेकिन आप राज्य की जनता की भूख की पीड़ा समझते हैं, इसलिए आपको एक-एक दाने की कीमत मालूम है।'' यह कहकर किसान ने सम्राट् से क्षमा माँगी।

□

सफलता की राह

एडीसन अपनी प्रयोगशाला में एक नया प्रयोग कर रहा था। अपनी सहायता के लिए उसने एक नवयुवक वैज्ञानिक को रखा था, जिसकी उम्र सत्रह-अठारह वर्ष की रही होगी। नवयुवक पहले बड़े उत्साह और लगन के साथ काम करता रहा, लेकिन जैसे-जैसे समय बीतता गया और प्रयोग में सफलता प्राप्त नहीं हुई तो उसमें निराशा से भरी उकताहट बढ़ने लगी। उसने तय कर लिया कि इस व्यर्थ के प्रयोग में अधिक समय खराब नहीं करेगा। वह एडीसन को साफ कह देगा कि अब वह और अधिक यहाँ नहीं रुकेगा।

यह बात कहने के लिए जब भी वह एडीसन की तरफ देखता तो उस बूढ़े की आँखों में अलौकिक ज्योति देखकर खामोश रह जाता। कुछ कहने की हिम्मत नहीं होती। एडीसन के उत्साह में कोई कमी नहीं आई। वह रोज अलग-अलग प्रकार के प्रयोग करता रहता। इस तरफ से हार जाता तो दूसरी तरफ से आरंभ कर देता।

तीन माह बाद युवक का धैर्य चुक गया। उसने एडीसन से नजरें नहीं मिलाईं। युवक की इस हरकत पर एडीसन ने कहा कि आँख ऊपर करके काम करो। युवक ने कहा, "सब प्रयोग व्यर्थ गए। कोई नतीजा नहीं निकला। इस प्रयोग को बंद कर देना चाहिए।"

यह सुनकर एडीसन ने गंभीरता से कहा, "इतना नजदीक आकर बंद कर दें?"

युवक आश्चर्य से बोला, "नजदीक कहाँ? सफलता से आज भी हम उतनी ही दूर हैं, जितना पहले दिन थे और तीन महीने बीत गए हैं।"

एडीसन ने कहा, "लगता है कि तुम्हें गणित नहीं आता। इतने रास्ते हमने देख लिये जो कि बेकार गए। अगर तीन सौ रास्ते हैं, जिनमें दो सौ बेकार गए तो इसका मतलब है कि हम सफलता के नजदीक हैं। तू कैसा पागल है कि सफलता के इतने करीब आकर हार मान बैठा है, जबकि हम जीत के बिल्कुल करीब हैं।"

□

साहस

कुछ लड़के एक छात्रावास में रहते थे। सभी परस्पर मित्र थे और उनके बीच पर्याप्त प्रेम था। वे अपनी विभिन्न समस्याओं में परस्पर एक-दूसरे के साथ होते और यथासंभव उन्हें हल करने का प्रयास करते। अपने अवकाश के समय को वे हँसी-मजाक और सार्थक बातचीत में व्यय करते थे।

एक दिन वे लोग छात्रावास की छत पर बैठे गपशप कर रहे थे। एक लड़के ने सभी से प्रश्न किया—''अगर इस भवन में आग लग जाए और सीढ़ी का मार्ग लपटों से घिर जाए तो बाहर कैसे निकलोगे?''

सभी लड़के उत्तर सोचने लगे। प्रश्न करनेवाले लड़के ने कहा, ''जल्दी उत्तर दो।''

दूसरे नेक कहा, ''भाई, जरा सोच तो लेने दो।''

प्रश्न करनेवाला लड़का बोला, ''और यदि आग इतनी पास आ जाए कि सोचने का अवसर ही न हो तो क्या करोगे?''

एक लड़के ने उत्तर दिया, ''तब हम अपनी धोती को छज्जे से बाँधकर लटकाएँगे और उसी के सहारे उतर जाएँगे।''

प्रश्न करनेवाले लड़के ने कहा, ''अगर इतना भी समय न हो तो तब क्या करोगे?''

तब एक छात्र बोल पड़ा, ''मैं तो अगले ही क्षण छत से इस तरह कूद पड़ूँगा।'' यह कहते हुए वह वास्तव में छत से कूद पड़ा।

यह देख बाकी सारे लड़के भयभीत होकर दुर्घटना की आशंका से नीचे सड़क की ओर दौड़े। वहाँ पहुँचकर सभी ने देखा कि वह लड़का सही-सलामत तेजी से दौड़ता हुआ वापस आ रहा है। इस साहसी बालक का नाम था—बाल गंगाधर तिलक।

कथा का सार है कि भय बचाव के लिए सभी मार्ग बंद कर देता है और साहस एक-न-एक द्वार अवश्य खोलता है। इसलिए विकट परिस्थिति में भय का त्याग कर साहसी बनें।

□

इनसानियत का कारखाना

एक बार एक सज्जन महान् वैज्ञानिक आइंस्टाइन के पास आए। उन्होंने कुछ देर तक उनसे इधर-उधर की चर्चा की, फिर बोले, "आज विज्ञान ने एक से बढ़कर एक सुख-सुविधाओं के साधन बनाने में सफलता पा ली है। अब पलक झपकते ही दूरियाँ तय हो जाती हैं, कुछ ही क्षणों में सुविधाओं की सारी चीजें हमारे पास आ जाती हैं, मगर फिर भी जाने क्या बात है कि समाज में अशांति, असंतोष, कलह व बुराई पहले की अपेक्षा ज्यादा पनप रही है। आखिर इसका क्या कारण है ? सुविधाएँ अधिक होने पर तो इनसान को प्रसन्न होना चाहिए। उसके मन को शांति व संतोष भी मिलना चाहिए।"

उस सज्जन की बातें सुनकर आइंस्टाइन बोले, "मित्र, हमने शरीर को सुख पहुँचानेवाले तरह-तरह के साधनों को खोजने में अवश्य सफलता प्राप्त कर ली है, किंतु जीवन में असली सुख-शांति मन-मस्तिष्क को आंतरिक आनंद प्राप्त होने से मिलती है। क्या हमने इनसानियत का ऐसा कोई कारखाना लगाया है, जिससे लोगों के अंदर भर रही संवेदनाओं को जीवित किया जा सके, उनके अंदर त्याग, ममता, करुणा, प्रेम आदि को उत्पन्न किया जा सके ? क्या हमने ऐसा कोई कारखाना बनाया है, जहाँ पर मन-मस्तिष्क को आनंद देनेवाले साधनों का निर्माण किया जाता हो ?"

आइंस्टाइन की बात सुनकर वे सज्जन चकराए। उन्हें लगा, शायद आइंस्टाइन ऐसा कोई कारखाना लगाने के बारे में सोच रहे हैं, तभी ऐसी बातें कर रहे हैं। लेकिन उन्हें लगा यह तो मुमकिन नहीं है। इसलिए कुछ देर सोचने के बाद उन्होंने अपनी जिज्ञासा रखी—"भला इनसानियत के कारखाने का निर्माण कैसे संभव है ? इनसानी भावनाएँ तो इनसान के अंदर पनपती हैं, मशीन के अंदर नहीं।"

उनकी बात सुनकर आइंस्टाइन ने मुसकराते हुए कहा, "जनाब बिल्कुल ठीक कहा आपने। अशांति-असंतोष दूर करने के लिए हमें लोगों में इनसानियत की भावना पैदा करने की ओर ध्यान देना होगा। भौतिक साधनों से सुख-शांति कदापि नहीं मिल सकती।"

वे सज्जन आइंस्टाइन की बात से सहमत हो गए।

□□□